Ludwig Schönchen

König Ludwig I. von Bayern

Ludwig Schönchen

König Ludwig I. von Bayern

Unveränderter Nachdruck der Originalausgabe von 1868.

1. Auflage 2022 | ISBN: 978-3-37506-210-1

Verlag: Salzwasser Verlag GmbH, Zeilweg 44, 60439 Frankfurt, Deutschland
Vertretungsberechtigt: E. Roepke, Zeilweg 44, 60439 Frankfurt, Deutschland
Druck: Books on Demand GmbH, In de Tarpen 42, 22848 Norderstedt, Deutschland

König Ludwig I. von Bayern.

Eine biographische Skizze

von

L. Schönchen.

Augsburg, 1868.

Verlag von:

Literarisches Institut
Dr. M. Huttler.

Kranzfelder'sche Buchhandlung
(H. Kranzfelder).

I.

(1786—1825.)

Einer der geistvollsten, thatkräftigsten Fürsten, die je auf einem Throne gesessen, hat die Augen geschlossen. König Ludwig I. ist nicht mehr. Die Kunde von seinem Hinscheiden, obwohl man hinlänglich darauf vorbereitet war, wirkt doch erschütternd in allen Kreisen. Denn König Ludwig war auch einer der populärsten Fürsten aller Zeiten. Nicht als Thronerbe geboren und seit zwanzig Jahren vom Throne gestiegen, war er in der Lage, sich vielfach freier bewegen zu können, als es Fürsten sonst gegönnt ist. Von früher Jugend an Freund und Beschützer alles Großen und Schönen in Kunst und Wissenschaft, stand er in lebendigem Verkehr mit den Koryphäen der Zeitgenossen und somit auf der Höhe der Zeit, während seine hohen Regententugenden, seine Gewissenhaftigkeit in Geschäftssachen, sein ernstes Streben nach Gerechtigkeit ihm den tiefsten Einblick in die menschlichen Verhältnisse gewährten. Es wird eine der schönsten Aufgaben eines künftigen Geschichtschreibers sein, aus den unendlich reichen Quellen, welche noch in Archiven ruhen, aus den mit Gewissenhaftigkeit geführten Tagebüchern des Regenten selbst das Bild des äußern und innern Lebens dieses seltenen Fürsten zu entwerfen. Aber Jahre können darüber vergehen, bis diese Quellen geöffnet und bis sich ein Geist gefunden, der würdig und im Stande ist, diese große Aufgabe zu lösen. Uns Zeitgenossen muß vorerst ein skizzenhafter Rückblick auf das Leben dieses Fürsten genügen, dem wir mit eigenen Erinnerungen und Anschauungen Licht und Schatten und die entsprechenden Farbentöne geben.

König Ludwig I. erblickte 25. August 1786 in Straßburg das Licht der Welt, wo sein Vater Prinz Max Joseph, seit 30. Sept. 1785 mit Marie Wilhelmine Auguste, Tochter des Landgrafen Georg Wilhelm von Hessen-Darmstadt, vermählt, als Oberst des französischen Regimentes Elsaß lebte. Nach den beiden Taufpathen König Ludwig XVI. von Frankreich und dem in Zweibrücken lebenden Herzog Karl August, dem Bruder seines Vaters, erhielt der neugeborne Prinz in der Taufe die Namen Ludwig Karl August. Der Erstgeborne, an dessen Wiege eine Bürgerdeputation aus München mit Glückwünschen sich eingefunden hatte, während die fran-

zöſiſchen Grenadiere dem beglückten Vater, ihrem Oberſt, ein mit ihren Bärten ge-
fülltes Sammtkiſſen überreichten, entwickelte ſich als munterer Knabe körperlich vor-
zugsweiſe im Mannheimer Schloßhof und im Schwetzinger Garten, nachdem ſeine
fürſtlichen Eltern 1789 vor den Schrecken der Revolution nach Mannheim fliehen
mußten. Als Erzieher ward ihm Hr. v. Kirſchbaum beigegeben, ein Pfälzer, der ſich
der ihm geworbenen Aufgabe vollkommen gewachſen zeigte und ſtets ein vertrauter
Freund des Prinzen blieb, während 1796, bald nach der Flucht nach Rohrbach bei
Heidelberg und nach dem am 30. März erfolgten Tode der liebevollen Mutter,
der edle Sambuga die geiſtige und Seelenführung des reichbegabten Prinzen übernahm, von deſſen Wißbegierde, Geiſtesſchärfe und genialen Anlagen die gewiſſenhaften
Aufzeichnungen des Lehrers,*) dem der dankbare König noch in den jüngſten Tagen
auf dem Kirchhof zu Neuhauſen bei Nymphenburg ein würdiges Mauſoleum zu errichten befahl, in ebenſo anziehender als pädagogiſch belehrender Weiſe Zeugniß geben.

In München (Nymphenburg), wo nach dem Ableben des kinderlos verſtor-
benen Kurfürſten Karl Theodor aus der Pfalz=Sulzbacher Linie als nächſter Erbe
der Herzog Maximilian Joſeph von Zweibrücken die Regierung übernahm, wurden
ſeit März 1799 mit wenigen durch die Kriegsereigniſſe herbeigeführten Unterbrechungen
die Studien mit ſolchem Eifer fortgeſetzt, daß der Kurprinz ſchon in ſeinem
17. Jahre für reif erachtet werden konnte eine Univerſität zu beſuchen. Hatte
ihn ja die Akademie der Wiſſenſchaften bereits 1800 als wirkliches Mitglied aufgenommen — eine Ehre, die zu gleicher Zeit auch dem Hofmeiſter des Kur-
prinzen, Geh. Rath v. Kirſchbaum, zu Theil ward. In Landshut (Mai bis September 1803), ſpäter in Göttingen (bis Sept. 1804) widmete ſich der jugendliche Fürſt
mit ganzer Seele hiſtoriſchen, philoſophiſchen und ſtaatswiſſenſchaftlichen Studien.
Zu ſeiner weitern Ausbildung bereiste er zunächſt Italien (im Anblick von Canova's
Hebe zu Venedig ſingend: „Der Sinn für Kunſt war in mir aufgegangen"),
während im Heimathland die Politik zu einer Allianz mit Napoleon führte. Obwohl deutſch im Innerſten ſeines Herzens geſinnt — machte er doch in Tivoli
ſeinem Unmuthe mit folgendem Diſtichon Luft:

> Es gehorchet Teutſchland, ſich ſelbſten zernichtend, dem Corſen,
> Und die Zwietracht allein hat es beſiegt und beſiegt's —

mußte er nach ſeiner Rückkehr im November 1805 dem Gewaltigen, der auf ſeinem
Siegeszuge nach Schönbrunn begriffen war, in Linz ſeine Huldigung darbringen. Von
dort zurückgekehrt, erhielt er das Patent als Generalmajor der bayeriſchen Armee. Das
Jahr 1806 brachte die Erhebung Bayerns zum Königreich. Bald darauf begab ſich
der Kurprinz — jetzt Kronprinz — nach Paris, wo er mit regem Eifer der Beſich-
tigung der Kunſtſchätze ſich hingab. Ueber Mailand, ſeine Schweſter die Vicekönigin

---

*) Abgedruckt in Sailers Geſammelten Schriften.

von Italien zu besuchen, kehrte der Kronprinz im Herbste zurück, um dem Protector des Rheinbundes, der kurz vorher siegreich in Berlin eingezogen war, nach Warschau zu folgen und am 1. März 1807 als Generallieutenant das Commando der zweiten bayerischen Armeedivision zu übernehmen.

„Auf, ihr Teutschen" — sang er in diesen nämlichen Tagen —

> Auf, ihr Teutschen! auf und sprengt die Ketten,
> Die ein Corse euch hat angelegt!
> Eure Freiheit könnet ihr noch retten,
> Teutsche Kraft, sie ruhet unbewegt.
> Ach! sie ruhte, doch sie ruhet nimmer,
> Daß der eignen Freiheit letztem Schimmer
> Wird beschleuniget der Untergang.
> Waffen habt die Brüder ihr zu morden,
> Für Den kämpfend, der Euch unterjocht;
> Teutschlands Kräfte sind nicht kund geworden,
> Als noch Teutschland selbst für Teutschland focht.

Aber der deutsch gesinnte Prinz bezwang sein Herz, weil er es bezwingen mußte, und erfüllte seine schwere Pflicht mit eben so viel militärischer Einsicht als heroischem Muthe. Er führte am 14. März seine Division über die Weichsel und reiste am 3. April von Warschau ab, um das Commando bei und in Pultusk zu übernehmen. Am 13. und 14. war die Narew passirt worden und es gab schon einzelne Kosakengefechte. Am 6. Mai versuchten 7000 Russen die Bayern (2500 Mann) über den Fluß zurückzuwerfen, mußten aber sich zurückziehen. Der Kronprinz war bei der Affaire und zeigte große Kaltblütigkeit. Noch größeren Ruhm erwarb er sich in den Tagen des 14.—16. Mai, da er den Feind vom linken Ufer der Narew zu vertreiben hatte und bei Poplawy schlug. Der Kronprinz war inmitten des Kugelregens gestanden, so daß die bayerischen Generale, wie Massena an König Max berichtete, sich verpflichtet fühlten den Muth des jugendlichen Prinzen zu mäßigen. Bald darauf vertrieb er die Russen aus Globozin, wobei viel Beute an Proviant gemacht wurde Die Lage der kranken Bayern in den Spitälern zu mildern, eilte er unmittelbar nach dieser Affaire nach Warschau, während fast an demselben Tage (1. Juni) in München ein Armeebefehl erschien, durch welchen König Max seinem Erstgebornen in freudiger Anerkennung dessen Tapferkeit das Großkreuz des Max-Joseph-Ordens verlieh.

Der Friede zu Tilsit ward geschlossen und Kronprinz Ludwig verließ seine Division, um sich zunächst nach Dresden zu begeben. Hier ward er enthusiastisch aufgenommen und der 25. August zu Pillnitz festlich begangen. Anfangs September kehrte er freudigst begrüßt nach München zurück. Böttiger aber schrieb damals aus Dresden an Joh. v. Müller: „Der Prinz von Bayern hat hier durch unerkünstelte Wißbegierde und Deutschheit sehr gefallen." *)

---

*) Briefe an Joh. v. Müller, Schaffh. 1839, I. Bd.

Doch abermals mußte der deutschgesinnte Prinz Festen zu Ehren des großen Eroberers beiwohnen. Napoleon kam im November nach Italien und ihn zu begrüßen fanden sich seine Alliirten in Verona ein und hielten mit ihm am 29. Nov. die feierliche Einfahrt zu Venedig. Von da begab man sich nach Mailand und von hier erließ der Kronprinz am 16. December eine Proclamation an die von ihm in Pultusk befehligte und nun in ihre Heimath zurückkehrende Division, worin er seinen Soldaten und Bayern — „mir die zwei theuersten Namen" — für ihren unerschütterlichen Muth und ihre feste Ausdauer in den mannigfaltigsten Beschwerden dankt. Auf der Rückkehr nach München ward verschiedenen Festlichkeiten in dem neuerworbenen Tyrol beigewohnt und hierauf eine Reise in die Schweiz unternommen, in welcher der Kronprinz besonders Kunstwerke aufsuchte und mehrere Aufträge ertheilte (u. A. zu Marmorbüsten von Pfeffel und Pestalozzi), während Dillis Ankäufe von Kunstschätzen in Italien besorgte.

Aber das Jahr 1809 brachte neue Kriegsstürme. Die Oesterreicher drangen in Bayern ein, während die Tyroler sich für ihren Kaiser erhoben. Der Kronprinz führte den Befehl über die erste Division und zog sich mit derselben gegen Landshut und Abensberg. Napoleon selbst erschien und hielt eine anfeuernde (vom Kronprinzen verdeutschte) Rede an die Bayern. Und die Schlacht ward gewonnen (20. April), gleich darauf auch bei Eckmühl gesiegt. Napoleon, obwohl ihm die deutsche Gesinnung des Kronprinzen bekannt war, konnte doch nicht umhin, dessen Muth durch eine Umarmung anzuerkennen. Von hier eilte der Kronprinz mit seiner Division nach Salzburg, um ein österreichisches Corps zu beobachten und mehrere Pässe zu besetzen, und, auf die Nachricht von den Schlachten bei Aspern und Großeßlingen, nach Linz (27. Mai). Am 7. Juli warf er eine feindliche Colonne mit großer persönlicher Bravour bei Gallneukirchen. Während der Friede zu Schönbrunn verhandelt wurde, begab sich auch der Kronprinz auf einige Zeit dahin, kehrte aber Ende August zu seiner Division zurück, welche sich noch bei dem Treffen am Berg Isel betheiligte.

Es sollten nun friedlichere Tage für den Kronprinzen kommen. Er verlobte sich am 12. Januar 1810 zu Hildburghausen mit Prinzessin Therese, weilte in den Sommermonaten in Baden-Baden, wobei Ausflüge nach Heidelberg und Schwetzingen gemacht wurden, welche zu sinnigen Gedichten Anlaß gaben, *) und hielt am

---

*) In Heidelberg:

. . . .
So wandelte auf schmalem Pfade
Ich still, von Allen unerkannt;
Dem Ahnenschloße ich mich nahte
In dem verlornen Vaterland.

12. October zu München sein Hochzeitsfest. Wenige Tage später ward er zum Generalgouverneur in den Inn- und Salzachkreisen und zum Generalcommandanten der Truppen in Tyrol ernannt und residirte nun theils zu Innsbruck, theils im Schloß Mirabell zu Salzburg, dem Glücke seiner Gemahlin, der Kunst und dem Genusse der Natur sich widmend, schon damals auch sein hohes Interesse für die Wissenschaft kundgebend, indem er der k. Akademie der Wissenschaften ein Geschenk von 12,000 Gulden machte, um aus der Cobresischen Sammlung zu Augsburg naturhistorische Bücher, Mineralien und Conchylien anzukaufen. Im Herbste siedelte der Kronprinz nach München über und am 28. November wurde er glücklicher Vater. An der Wiege seines Erstgebornen gab er seinen christlichen und patriotischen Empfindungen Ausdruck, indem er sang:

> In dem Herzen trage du den Himmel,
> Kindlich folg' dem göttlichen Gebot
> In der Einsamkeit, im Weltgetümmel,
> Und dich findet ruhig einst der Tod.
>
> Dessen eingedenk, o May, sei immer:
> Daß als Teutscher du geboren bist;
> Nie verblende dich des Auslands Schimmer,
> Steh gewaffnet gegen seine List.
>
> Sollte hören nur dein kindisch Lallen
> Jener, welcher dir das Leben gab,
> Frühe für das Vaterland er fallen —
> Weihe eine Thräne seinem Grab.
>
> Werde seines teutschen Sinnes Erbe,
> Für die Heimath muthig führ' das Schwert;
> Freudevoll für ihre Rettung sterbe,
> Werde deiner alten Ahnen werth.

> Und trauernd wallt' ich in den Hallen,
> Die lange schon verheert der Blitz;
> Dem Fremdling sind sie zugefallen,
> Jahrhunderte der Väter Sitz . . . . . .

Ferner in Schwetzingen:

> Einstmals Stätte der Freude dem froh aufkeimenden Kinde,
> Jetzo der Traurigkeit mir, doch in Erinn'rung so werth;
> Schwetzingen, bist ein betrübendes Bild des irdischen Wechsels;
> War als Fremdling nur in dem gewesenen Erb'.
> Selber vor denen mich, welche mich lieben, verheimlichend lebte
> In der Vergangenheit da, lebte den Todten und mir,
> Johann Müller's (auch eines der frühe mir schmerzlich Entriss'nen)
> Herrliche Schriften vor mir, hebend das Herz wie den Geist.

* * * * * * * * *

Im Frühjahr 1812 begab sich der Kronprinz wieder auf seinen Posten in Tyrol und lebte mit wenigen Unterbrechungen, welche durch Ausflüge nach München und Regensburg veranlaßt wurden, in welch letzterer Stadt er die Abgebrannten von 1809 mit einem Geschenk von 12,000 Gulden erfreute, zu Innsbruck und im Salzburgischen, mit fieberhafter Spannung der Nachrichten aus Rußland harrend, wo 30,000 Bayern in Treue für ihren König das Leben opferten. Im Jahre 1813 zogen sich die Kriegswolken wieder am Inn zusammen, und die Kronprinzessin, welche zum zweitenmal sich Mutter fühlte, kam im August nach Augsburg, wo auch der Kronprinz sein Doppelfest feierte und am 30. August mit der Geburt einer Tochter beglückt wurde. In anderer Weise ward sein Herz erfreut, als er die frohe Kunde empfing, Bayern sei vom Rheinbund zurückgetreten und schließe sich Oesterreich an. Als die Befreiungsschlacht bei Leipzig geschlagen, kehrte der Kronprinz, zum Obercommandanten der gesammten inneren Landesbewaffnung ernannt, zunächst nach Salzburg zurück, verlegte aber bald sein Hauptquartier nach München, wo er alle patriotischen Bestrebungen mächtig unterstützte. Schon am 16. December hatte er einen Tagsbefehl erlassen, der begeisternd also schloß: „Ich rede zu Bayern, denen nichts zu schwer fällt für Fürst und Vaterland, wovon ihre Geschichte ein fortwährender Beweis bis auf die Gegenwart. Gekommen ist die Zeit der Befreiung, Dank sei dem besten Könige und der edlen Bundesgenossen herrlichem Siege; daß aber französisches Joch nicht von Neuem auf Bayern laste, diesem vorzubeugen liegt hauptsächlich uns ob. Und nur wenn, gleichviel aus welchem Theile Bayerns er geboren, wessen Stammes er auch sei, jeder Teutsche gegen den allgemeinen Feind die Waffen ergreift, nur dann ist des verlorenen Glückes Wiederkehr erst möglich. Alle Kräfte nimmt Frankreichs Kaiser zusammen, uns wieder in Knechtschaft, in schmählichere noch zu stürzen; wenden wir auch die unsrigen ganz an, uns auf immer zu befreien. Weltherrschaft war sein Ziel, er hat es auch jetzt nicht aufgegeben; nahe war er daran, es zu erreichen, wenn wir nun ruhen. Auch vor 13 Jahren wurde für unmöglich gehalten, daß er werden könnte, was er dann geworden; um so unerschütterlicher sei unser Widerstand. Mitglieder der Landesbewaffnung, daß Ihr Bayern seid, ist mir Eures Muthes Bürge. Gott, dessen Strafe der frevelnde Uebermuth nie entgeht, wird uns beistehen; bestreben wir uns, dessen würdig zu sein."

Der Kronprinz selbst ging mit dem edelsten Beispiele voran. Er gab aus eigener Chatoulle 20,000 Gulden zum Ankauf von Pferden für Husaren, deren Vermögen bloß zur Anschaffung der Montur hinreichte. Dem bayerischen Armeecorps am Rhein wurde bekannt gegeben, der Kronprinz Ludwig habe einen Preis von 600 Gulden auf einen eroberten französischen Adler und von 300 Gulden auf eine Standarte gesetzt. Daß alle patriotischen Opfer, zu möglichster Nacheiferung, zur Veröffentlichung gelangen sollten, hatte er schon früher veranlaßt. Gegen eine Deputation aller Waffengattungen äußerte er aber gehobenen Gefühls: „Wir wollen Teutsche, wir wollen Bayern bleiben! Die Bayern und mein Stamm bilden seit mehr als sechs Jahrhunderten nur Eine Familie. Wir wollen einander treu bleiben und unsere Unzertrennlichkeit, wenn es erforderlich ist, mit den Waffen in der Hand behaupten."

Die bayerischen Waffen, unter Anführung des Prinzen Karl, des Bruders des Kronprinzen, thaten denn auch ihre Schuldigkeit. Die Tage vom 1. und 27. Februar, 20. und 25. März (Ehrentag Wrede's) bilden unverwelkliche Blätter im Ruhmeskranze der bayerischen Armee. Und schmerzvoll klagte der Kronprinz, daß es ihm nicht gegönnt sei, an dem Siegeszuge seiner Bayern theilzunehmen. *)

Am 31. März zogen die Verbündeten in Paris ein, und nachdem Napoleon abgedankt und Ludwig der XVIII. den französischen Thron bestiegen hatte, begab sich am 21. April auch der Kronprinz in die Stadt an der Seine, wo er nicht bloß der Politik, sondern auch den aufgehäuften Kunstschätzen seine Aufmerksamkeit widmete, wie denn aus jener Zeit das schöne Gedicht stammt: „Klagen der römischen Kunstwerke zu Paris." Auch nach London ging der Kronprinz, wo er des Parthenons Bildwerke besang, und später auf einige Zeit nach Wien, wo der Congreß eben eröffnet worden war. Als aber Napoleon wie im Fluge nach Paris zurückkehrte und die Verbündeten neue Heere aufstellten, eilte auch der Kronprinz nach Bayern zurück, um mit der bayerischen Armee nach Frankreich zu ziehen, erließ aber vorher einen Tagsbefehl an Bayerns Landwehr, dessen Schlußworte lauteten: „Sollte es dahin kommen, daß die Franzosen in Bayern eindringen, dann eile Ich zu Bayerns muthiger Landwehr, für König und Vaterland zu siegen oder zu sterben." Während er im Hauptquartier zu Mannheim weilte, erhielt er die frohe Kunde, daß seine Gemahlin in Salzburg am 1. Juni eines Prinzen genesen — Otto's, der schon in Jünglingsjahren eine dornenvolle Krone tragen sollte. Zwei Tage nach der Schlacht von Waterloo ging's über den Rhein und durch Lothringen in das Innere von Frankreich. Nachdem Napoleon zum zweitenmal abgedankt, lebte der Kronprinz noch einige Wochen in Paris, kehrte aber im November über Hildburghausen, wo in der letzten Zeit seine Gemahlin geweilt hatte, mit derselben nach München und Salzburg zurück. Indeß waren die Tage hier kurz gezählt. Salzburg kam wieder an Oesterreich und der Kronprinz lebte nun abwechselnd in Würzburg, Brückenau, Aschaffenburg und München (Nymphenburg). Auch Wien wurde besucht, nachdem der Kronprinz am Schlusse des Jahres 1816 eine lebensgefährliche Krankheit (Lungenentzündung) glücklich überstanden.

Der Friede brachte die künstlerischen Ideen des Kronprinzen zur Reife. Nachdem er schon früher mehrere Kunstsammlungen erworben (so die plastischen Kunstwerke

---

*) S. das Gedicht „Den bayerischen Schützenmarsch vernehmend", wo es heißt:
Den Tyrannen helfen zu bezwingen,
Siegend selber nach Paris zu bringen:
Dieß Gefühl ersetzt keine Welt.

von Bevilaque, die äginetischen Kunstwerke und eine römische Sammlung), ohne dabei der Armen im Theuerungsjahre, der Blinden in Regensburg und Würzburg und so mancher wohlthätigen Stiftungen zu vergessen, legte er am 23. April 1816 den Grundstein zur Glyptothek, und beauftragte am Schlusse einer italienischen, bis nach Palermo ausgedehnten Reise (15. Oct. 1817 — 15. Mai 1818) zu Rom den Künstler Cornelius die Glyptothek mit Fresken zu schmücken.

Inzwischen wurde die Verfassung verkündigt und der Kronprinz nahm in den folgenden Jahren an den Verhandlungen des Reichsrathes den regsten Antheil. Italien wurde wiederholt besucht (im Winter 1820—21, 1823) und von seiner Ehrfurcht vor der ewigen Roma, von seiner Begeisterung für die Kunst zeugen viele seiner schönsten Dichtungen. Auch die Pflichten des Vaters — es wurden ihm als Kronprinzen noch geboren: Theodolinde (7. Oct. 1816, gest. 12. April 1817), Luitpold (12. März 1821), Adelgunde (19. März 1823), Hildegarde (10. Juni 1825) — wußte er in sorgsamster Weise zu üben. Seinem Erstgebornen hatte er 1817 den Schotten Archibald Mac-Jver aus dem Kloster zu Regensburg als Erzieher bestimmt, und der Fürst, der in seinem Haupte die größten Ideen trug, hatte noch Muße, demselben ganz in's Einzelne gehende Anweisungen über seine Methode der Erziehung zu geben. „Dahin streben Sie, heißt es hier u. a., daß religiöses Gefühl meinen Sohn durchlebe, wie das Blut den Körper, so jenes die Seele. — Gottesfurcht, mehr noch Gottesliebe fühle er, Liebe ist das Heiligste. Teutsch soll Max werden, ein Bayer, aber teutsch vorzüglich, nie Bayer zum Nachtheil der Teutschen. Wie die Britten, sind wir Teutsche, und mehr noch ein Volk, obgleich unter mehreren Fürsten. Was mein Sohn verspricht, das halte er, der aber zu gewöhnen ist nicht leichtsinnig zu versprechen. Zuverlässigkeit ist eines jeden Menschen, vorzüglich aber eines Fürsten seiende Haupteigenschaft. Zutrauen macht stärker als Heere, es muß aber verdient werden. Abneigung flößen Sie meinem Sohne gegen Frankreich (Teutschlands Erbfeind) und gegen das französische Wesen (unser Verderben) ein .... Mensch im höheren Sinne des Wortes nuß mein Sohn werden, Mensch und Christ (der veredelte, zur Vollkommenheit strebende Mensch ist Christ), er achte die Menschheit und liebe die Menschen .... Auf Wahrheit werde unerbittlich gehalten."

II.

(1825—1835.)

Der Kronprinz Ludwig begab sich zu Brückenau am 14. October 1825 etwas früher als gewöhnlich zur Ruhe, da er Nachts bei Erscheinung eines erwarteten Kometen geweckt werden wollte. Er wurde geweckt, aber nicht wegen des himmlischen Phänomens, sondern weil aus München die Botschaft vom Tode des Königs, seines geliebten Vaters, eingetroffen war. So umstrahlte ihn denn beim Erwachen das königliche Diadem und er selbst sollte ein Phänomen werden, wie sie nur nach Jahrhunderten in der Geschichte der Menschheit erscheinen. Am 18. October zu später Nachtstunde traf er in München ein und am folgenden Tage legte er in feierlicher Versammlung den Eid auf die Verfassung ab, die Hoffnung aussprechend, die Gnade Gottes werde ihm die Kraft verleihen, das Versprochene zu erfüllen. Mit der Pietät eines Sohnes fügte er bei: „Schwer ist es nach einem Könige, wie der uns entrissene war, zu herrschen — ihn zu erreichen unmöglich." Sein Wahlspruch war: Gerecht und beharrlich! — und er ist ihm Zeit seines Lebens treu geblieben.

Mit dem Genie eines gebornen Staatsmannes griff er sofort in die Regierungsthätigkeit ein und wurde, wie er schon seinen Beruf als Regenerator der deutschen Kunst hatte ahnen lassen, auch Reformator im Leben des Staates. Zwei Commissionen, in welchen der König persönlich den Vorsitz führte, hatten die Aufgabe, in allen Zweigen der Staatsverwaltung Ersparnisse einzuführen. Es gelang Grundsätze aufzustellen, deren Durchführung im Bereich der Civilverwaltung wie im Haushalte der Armee eine jährliche Ersparung von je einer Million zur Folge hatten, so daß die ständischen Commissarien der Staatsschuldentilgungscassa sich gedrungen fühlten, dem Monarchen in einer besondern Adresse ihren Dank für diese wesentliche Hebung des Credits des bayerischen Staates auszusprechen. Freilich waren — obgleich der König möglichst schonend zu Werke ging — manche Privatinteressen hart berührt worden und es wurden namentlich von Seite Solcher, welche die Herzensgüte des „Vaters Max" mißbraucht hatten, viele Klagen laut. Aber der König, der einen sichern Blick in die Zukunft hatte, ließ sich nicht beirren und beruhigte wohl manchmal seine Umgebung, indem er äußerte: Nach zehn Jahren solle man die Handlungen seiner Regierung beurtheilen.

Andrerseits war der König eifrigst darauf bedacht, den Wohlstand seines Volkes zu heben. In diesem Sinne ward die Vollzugsinstruction zum neuen Gewerbsgesetz von 1825 erlassen, wurden viele Privilegien für Gewerbe und Industrie ertheilt, die Zehentfixirung und Ablösung der ständigen Dominicalgefälle gefördert, inländische Fabricate für die Bedürfnisse des königlichen Hofes begünstigt, die Maulbeerzucht eingeführt, ein Wollmarkt zu Nürnberg errichtet, die polytechnische Centralschule gegründet und einleitende Schritte unternommen, welche die Grenzsperre, dieses gemeinsame Hinderniß der Wiederbelebung der Landwirthschaft, des Handels und der Industrie, aufzuheben den Zweck hatten. Der Zollvertrag mit Württemberg vom Jahre 1828 war die erste Frucht; ihm folgte schon nach fünfzehn Monaten, nachdem inzwischen auch Preußen und Hessen-Darmstadt sich in Zollsachen geeinigt hatten, ein Handelsvertrag zwischen den beiden Zollgebieten als Vorläufer des großen Zollvereins von 1833. In demselben Jahre wurde der Ludwigscanal vorbereitet, während die Schifffahrt durch Correction der Donau bei Ingolstadt und des Rheins bei Speyer bereits einige Jahre vorher erleichtert wurde und schon seit 1826 (im Hofgarten zu Nymphenburg) Versuche mit Ausführung von Eisenbahnen stattgefunden hatten.

Ueber der Sorge für geordnete Finanzen und Hebung des materiellen Wohles vergaß aber der König nicht einen Augenblick der geistigen Interessen. Er verlegte im Herbst 1826 die Ludovico-Maximiliana von Landshut nach München, wo sie in Mitte wissenschaftlicher Sammlungen und am Sitz der Akademie der Wissenschaften ein noch reicheres Leben entfalten konnte. Zählte sie schon vorher berühmte Namen zu ihren Lehrern, so wurde der Kreis derselben noch durch neue Berufungen von Gelehrten ersten Ranges (wie Schelling, Schubert, Görres) vermehrt. „Es ist meine lebendigste, meine tieffte Ueberzeugung," äußerte der Monarch gegen den für die Freiheit der Wissenschaft begeisterten Rector der Universität, „daß hier jeder Zwang, jede Censur, auch die billigste, verderblich wirkt, weil sie statt des gegenseitigen Vertrauens, bei dem allein die menschlichen Dinge gedeihen, den Argwohn einsetzt. Jede Freiheit ist freilich dem Mißbrauche ausgesetzt, wie jedes Gesetz der Uebertretung; doch den Folgen zu begegnen, habe ich den Willen und die Macht. Ich will die Religion, aber ich will sie im Herzen, in den Gesinnungen und Handlungen. Ich will die Wissenschaft, aber in ihrer ganzen unverkümmerten Gestalt und Wirksamkeit, und werde mich glücklich fühlen, wenn meine Bayern auf ihrer Bahn rasch und weit vorschreiten." Einer Studentendeputation aber sagte der König kurz und bündig: „Ein vormaliger Studirender der Ludwig-Maximilians-Universität dankt vielmals. Religion muß die Grundlage sein und durch das Leben geleiten. Bigotte und Obscuranten mag ich nicht; auch keine Kopfhänger. Die Jugend soll auf erlaubte

Weise fröhlich sein. Raufereien dulde ich nicht. Kleiden können sich [die Studiren-
den wie sie wollen." In der That erging ein Jahr später ein scharfes Mandat wider
die Duelle und die sie begünstigenden Landsmannschaften, während die Freiheit der
Wissenschaft durch eine neue Studienordnung Anerkennung fand und der von nun an
frei gewählte Rector für hoffähig erklärt ward.

Im folgenden Jahre wurde die k. Akademie der Wissenschaften neu organisirt,
in der Absicht, „durch die vereinten Kräfte ihrer Mitglieder Werke hervorzubringen,
welche die Kraft eines einzelnen Gelehrten überstiegen," und derselben vollkommene
Freiheit in der Wahl ihres Vorstandes und ihrer Mitglieder eingeräumt. Auch die
Presse sollte sich größerer Freiheit erfreuen. Die Censur für nichtpolitische Blätter
wurde gänzlich aufgehoben, für politische milder als im übrigen Deutschland gehand-
habt. Als später ein satirisches Blatt die Aufmerksamkeit der Polizei erregte, beruhigte der König mit der Aeußerung, „daß hierin nur der bekannte Volkswitz zu
erkennen sei." Auch die Beschlagnahme eines Pamphlets (de Witts Memoiren des
Satans) wurde auf ausdrücklichen Befehl des Königs wieder aufgehoben. Erst nach
dem Revolutionsjahr von 1830 mußten, wie in ganz Deutschland, die der Presse
angelegten Zügel wieder etwas straffer angezogen werden.

Den kirchlichen Verhältnissen hatte der König schon als Kronprinz volle Aufmerksamkeit gewidmet, und der Abschluß des Concordates gereichte ihm zu besonderer
Genugthuung. Die darin enthaltene Zusage, bischöfliche Seminarien und einige
Klöster zum Unterrichte der Jugend in der Religion und den Wissenschaften, oder
zur Aushilfe in der Seelsorge oder zur Krankenpflege zu errichten und zu dotiren,
suchte er deßhalb möglichst zu erfüllen. Die von ihm unter der Benennung „Oberster
Kirchen- und Schulrath" aus dem Ministerium des Innern ausgeschiedene Ministerial-
section für Cultus, Unterricht und ihre Stiftungen stieß zwar auf manche Schwierigkeiten, doch konnte schon 1826 in Freising ein Klericalseminar errichtet werden, und
1827 entstanden Klöster in Metten, Dillingen und München (bei St. Anna). Das
Schottenkloster in Regensburg wurde zu einem geistlichen Seminar umgestaltet, und
um der Indifferenz in religiösen Dingen zu steuern, erfolgte die confessionelle Trennung der Schulen in der Pfalz und der Studienanstalten in Augsburg. Dabei war
der König nichts weniger als unduldsam gegen Andersgläubige, wie denn die Königin
in größter Freiheit ihrem Bekenntnisse folgen konnte und ihre Glaubensverwandten
in dem Bau einer Kirche in München — bisher hatten sie sich mit einem Betsaal
in der k. Residenz begnügen müssen — mächtig von dem König gefördert wurden.
Der israelitischen Gemeinde bezeugte er seine Achtung, indem er mit der Königin
der Eröffnung ihrer Synagoge beiwohnte, und dem griechischen Cult räumte er die
leer stehende schöne Salvatorkirche ein.

König Ludwig war freilich der Philhellenen erster und größter. Seit dem Beginn des Freiheitskampfes hatte er seine wärmsten Sympathien für Hellas kund-

gegeben, den Sieg des Kreuzes in schwungvollen Gedichten ersehnt, und mit frei-
gebiger Hand den Leiden der Kämpfer und ihrer Familien zu steuern versucht. Der
Sammlung Eynards fügte er 45,000 Fr. bei, und nach der Katastrophe von Misso-
lunghi sandte er 1826 von Florenz aus wieder 20,000 Fr. nach Genf, um Weiber
und Kinder aus türkischer Sklaverei loszukaufen. „Nehmen Sie — schrieb er an
Eynard — ohne einen Augenblick zu verlieren, die ernstlichsten Maßregeln, um diesen
Zweck zu erreichen; helfen Sie diesen unglückseligsten Opfern, retten Sie sie von der
Entehrung und von dem Verluste ihres Glaubens." Konnte er als Kronprinz nur
heiße Wünsche für Hellas Befreiung aussprechen, so verhieß er den Hellenen, da er
König geworden, eine That . . . .

> Jetzt ist die Lyra verstummt, aber das kräftige Wort
> Tönt von dem Könige aus der Fülle des glühenden Herzens,
> Daß sich's gestalte zur That, Griechen, zu eurem Heil.

Und wahrlich, er hat sein Wort überreich gelöst, indem er seinen geliebten Sohn
dem befreiten Hellas zum Opfer brachte.

Die Ideale der Kunst auch in seinem Vaterland heimisch zu machen, hatte der
König schon vor seiner Thronbesteigung mancherlei Vorbereitungen getroffen. König
geworden, ernannte er Peter Cornelius zum Director der Akademie der Künste und
überbrachte dem eben in der Glyptothek beschäftigten Meister selbst den Kronorden
mit den Worten: „Es ist der Erste, den ich seit meiner Thronbesteigung verleihe;
man pflegt Helden auf dem Schauplatz ihrer Thaten zu Rittern zu schlagen." Leo
v. Klenze, von dem der König später sang:

> Wenn längst spurlos die Werke des jetz'gen Geschlechtes verschwunden,
> Spricht, was du bautest, von dir, hebet und stärket den Geist —

wurde an die Spitze des Bauwesens gestellt, Stiglmayer, den der König schon früher
in Italien hatte Studien machen lassen, ward zum Vorstand der Erzgießerei ernannt,
und viele andere Künstler berufen und mit Aufträgen beglückt. In rascher Folge
wurden die Grundsteine zum Odeon, zur Pinakothek (an Raphaels Geburtstag), nach
der Rückkehr aus Italien zum Königsbau (am Tag der Schlacht von Waterloo)
und zur Allerheiligen Hofkirche (1. Nov.) gelegt. Man muß es mit erlebt haben,
um sich vergegenwärtigen zu können, welches reiche künstlerische Leben damals entwickelt
wurde, welch' schöpferischer Drang sich geltend machte, mit welch' scheelen Blicken aber
auch manches betrachtet ward. Der König wußte sehr wohl darum und sprach
deßhalb wohl nicht ohne Absicht bei der Grundsteinlegung zum Königsbau: „An
meinem Eifer für des Königreiches Wohl, an meinen redlichen Absichten, an meiner
Liebe zu den Unterthanen fehlt es nicht; Gott hat mir den Willen und die Kraft
verliehen, ich werde mit unermüdeter Sorgfalt für das Heil des Vaterlandes wachen,
und ich bin froh, solche Männer in meinen Diensten zu haben, die in meinem Sinne
wirksam sind. Sollte ich hierin mißkannt werden, so hoffe ich doch dereinst von der

Geschichte gerecht beurtheilt zu werden." Sie hat ihr Urtheil gesprochen, noch ehe der König das Zeitliche verließ. Denn unbestritten bleibt, daß das deutsche Kunstleben von dem Regierungsantritt des Königs Ludwig I. eine neue Aera datirt und daß das neue München, dieser Anziehungspunkt für die Gebildeten aller Nationen, wesentlich erst durch den hochseligen König das geworden, was es ist: die Metropole deutscher Kunst.

In demselben Jahre 1826 wurde der Befehl zum Bau der Arkaden des Hofgartens gegeben, welche mit Fresken aus der bayerischen Geschichte geschmückt wurden, während die sich anschließenden, die Ostseite des neuerbauten Bazars bildenden Bogengänge später Rottmanns italienische Landschaften aufnahmen und die Arkaden an der Nordseite des Hofgartens mit Darstellungen aus dem griechischen Befreiungskampfe decorirt wurden. In der geschichtlichen Entwicklung vorgreifend seien hier gleich die Gebäude, welche die Ludwigsstraße zieren, erwähnt: die Feldherrnhalle mit den Standbildern Tillys und Wredes und das Siegesthor mit der Victoria und dem Löwenviergespann als die beiden Endpunkte, die Ludwigskirche, das Bibliothekgebäude, das Blindeninstitut, das Universitätsgebäude, das Georgianum und adelige Pensionat u. s. w., Bauwerke, welche an die besten Vorbilder, theils aus der antikrömischen Zeit, theils aus dem italienischen Mittelalter erinnern und des Eindrucks ernster Größe nicht verfehlen.

Es war die Absicht des Königs Ludwig I., in München die mustergültigen Formen der Baukunst von zwei Jahrtausenden in freier Weise zur Anwendung zu bringen und dadurch den Sinn für Schönheit der Formen, der am Ende des vorigen Jahrhunderts fast ganz abhanden gekommen war, wieder zu erwecken. Darum sehen wir griechische, römische, byzantinische, mittelalterlich-italienische und deutsche Bauweise vertreten, und für jede wußte er den Künstler zu finden, der ihren Geist am besten erfaßt hatte. In gleicher Weise vertraute er die Monumentalmalerei, in der München unter allen deutschen Städten unübertroffen ist, stets den weihevollsten künstlerischen Händen, während die Höhe der Sculptur schon allein durch den Namen Schwanthaler angedeutet ist. In das kunstgeschichtliche Capitel aus der Regierungszeit Ludwigs I. näher einzugehen, ist indessen hier nicht der Ort; wenige Andeutungen dürften im Rahmen unserer Skizze genügen.

In allen seinen Bestrebungen war der König von einem tiefen historischen Sinne geleitet. Er selbst sagt von sich:

Aus den Tagen der Kindheit besitze ich eine Geliebte,
Klio ist's, sie bleibt auch in dem Alter getreu.

Und dieser Achtung vor dem Geschichtlichen, dieser Scheu, an ehrwürdigen Ueberlieferungen zu rütteln, ist manche Verfügung zu verdanken, welche sich des Beifalles aller tiefer angelegten Naturen zu erfreuen hatte. König Ludwig I. gestattete wieder den Gottesdienst in der heil. Nacht und die ergreifenden Passionsspiele der Ammergauer.

Er sorgte für Erhaltung historischer Alterthümer und gab auch seinem Heere, dessen Truppenkörper seit 1814 bloß nummerirt waren, wieder die alten Unterscheidungs= farben, hiemit die Erinnerung an Waffenthaten erneuernd, wodurch in früheren Kriegen die einzelnen Regimenter, mit jenen Farben bekleidet, sich ausgezeichnet hatten. München erhielt sein altes Wappen und das königliche Wappen wurde neu, aber in historischem Sinne gestaltet, wie später auch die Namen der Provinzen wieder an die alten Stammesnamen erinnerten. Den Glanz des Hofes zu erhöhen, wurden Rangclassen geschaffen, 20 Palastdamen zur Umgebung der Königin ernannt und die Kammerjunkerstellen eingeführt. Die Stiftung des Theresienordens erfolgte zum Besten unverheiratheter Töchter des Adels. Ueberhaupt verlor der König bei allem Aufwand für die Künste doch nie die Bedürfnisse der Armen, der Unglück= lichen und der frommen Stiftungen aus den Augen. Mit reichen Gaben unterstützte er jedes edle Unternehmen und ging selbst mit glänzendem Beispiele voran. Der Militär=Unterstützungsfond ward mit einem jährlichen Zuschuß aus der Cabinetscassa bedacht, die Blindenanstalt in Freising mit 50,000 fl. dotirt, derselben später auch der Ertrag der Gedichte des Königs (1. Ausg. 1829) zugewendet und eine mit 100,000 fl. gegründete Beschäftigungsanstalt beigefügt. Den drückenden Folgen des gesunkenen Credits zu begegnen, stiftete der König Kreishilfscassen mit einem Capital zu je 10,000 fl., das später um 4000 fl. erhöht wurde, also mit einem Gesammt= capital von 112,000 fl. Zur Errichtung einer Erziehungsanstalt für arme Kinder in Regensburg gab er 10,000 fl. und so bezeichnete er schon die ersten Jahre seiner Regierung mit reichen Gaben nach allen Richtungen, die hier nur angedeutet werden können.

Der König betrachtete seinen hohen Beruf als eine schwere Pflicht, der er mit dem Aufwand aller seiner Kräfte nachkommen müsse, und auch wirklich nachkam, wie er denn nicht selten, wenn sein Cabinetssecretär erkrankte, zur bestimmten Stunde in dessen Wohnung ging und 2 — 3 Stunden lang an dessen Bett arbeitete. Mit düstern Farben schildert er in seinen Gedichten „Der Könige Loos":

Abgewogen, abgemessen
Sei ihm Alles, soll vergessen,
Daß er Mensch ist, immer kühl
Soll sein Herz nie höher schlagen,
Einsam, freudlos soll er ragen,
Abgestorben dem Gefühl.

Ach! worauf sein Blick verweilet,
Von Verleumdung wird's ereilet,
Sei es noch so gut, so rein,
Andres Anseh'n es erlanget,
Und der Himmel selbst empfanget
Gleich davon der Hölle Schein.

Und in „Königsklage" sagt er:

> Was ich suche, muß ich meiden;
> Ach! es ist noch nicht genug,
> Durch Verleumdung selbst zu leiden;
> Bringe üb'rall hin den Fluch.
>
> . . . .
>
> Sagt, was habet ihr gewonnen,
> Wenn mein Wesen sich umeist,
> Wenn der frohe Sinn zerronnen,
> Dumpf und trüb' erstarrt der Geist?

Doch fühlte er sich glücklich im Kreise seiner Familie — 1826 wurde ihm noch eine Prinzessin (Alexandra) und 1828 ein Prinz (Adalbert) geschenkt — und für seine Gemahlin hegte er die innigste Liebe. „Du verkennest mich nicht" — besang er 1828 die Königin —

> Du verkennest mich nicht, obgleich mich die Menge verkennet,
> Unerreichbares Weib, trefflichstes, welches gelebt!
> Und so trage ich leicht das Schicksal, das mich getroffen;
> Scheint uns die Sonne, dann wird anderes Licht nicht vermißt.
> Nicht die Zahl der Stimmen bestimmet den Werth, nur die Güte;
> Da Du, Beste, für mich, schmerzen Verleumdungen nicht.
> Herrlich in leuchtendem Glanze erregest Du stete Bewund'rung.
> Hätt' ich nicht Andere geliebt, liebte ich Dich nicht so sehr,
> Würde nicht kennen die Fülle der Schönheit des edelsten Herzens;
> Ideal bist Du immerfort Deines Geschlechts
> Du Seelenvolle, Du zwingst die Seele, Dich hehr zu verehren,
> Und mein Wesen, es ist innigst mit Deinem verwebt.
> Wird der Wipfel der Eiche vom Wind auch zuweilen beweget,
> Wurzelt sie dennoch fest, ewig die Liebe für Dich.

Fühlte der König aber seinen Geist ermüdet oder seine Gesundheit geschwächt, so zog es ihn mit unwiderstehlicher Gewalt nach Italien, besonders aber nach Rom, dem er „doppelte Heilkraft" zuschrieb —

> Nicht nur vom Brode man lebt, das Klima alleine nicht heilet,
> Mehr noch als durch die Luft, heilst du uns, Roma, durch dich.

Man muß des Königs „Römische Distichen" (269 an der Zahl) lesen um von der Universalität dieses großen Geistes, von der Hoheit seiner Lebensauffassung und der Schärfe seines Blickes auch nur eine annähernde Vorstellung zu haben. Als Dichter steht er größer da, als ihn die Zeitgenossen bis jetzt würdigten. Mit Recht konnte er von sich sagen:

> Froh leb' ich mit den Herrlichen aller Geschlechter und Länder...

Schmerzvoll klagte er (1814), daß es ihm nicht möglich gewesen, Schiller nach Rom zu senden

> . . . . . jetzt noch lebt' er dort,
> Seine Lieder würden selig lohnen,
> Herrlicher aus Rom erkläng' sein Wort.

Goethe'n ehrte er aber persönlich, indem er 1827 ihm zu seinem Geburtstag das Großkreuz des Verdienstordens der bayerischen Krone nach Weimar überbrachte.

Der König ging schon im ersten Jahre seiner Regierung wieder nach Rom und besuchte auch 1827, 1829, 1830, 1832 und 1833 Italien, in den letzten Jahren besonders die Bäder von Ischia gebrauchend. Sonst pflegte er in dieser ersten Periode seiner Regierungszeit das liebliche Brückenau und Berchtesgaden als Villeggiatur zu besuchen. Der Regierungssorgen entschlug er sich übrigens so wenig in seinen Badeorten, als in Italien (wie aus Fahrmbachers Erinnerungen zu entnehmen).*) Seinem ganzen Charakter entsprechend, gab er meist eigenen Impuls in Angelegenheiten des Staates. In den Berathungen des Staatsrathes über die den Kammern vorzulegenden Gesetze führte er 1827 — 1828 fast ununterbrochen den Vorsitz. Es war sein Wunsch, daß die Verwaltung von der Justiz getrennt und Oeffentlichkeit und Mündlichkeit des Proceßverfahrens eingeführt werde. Wenn dieser Wunsch auch noch lange nicht befriedigt werden sollte, so kam doch u. a. das Landrathsgesetz zu Stande, ebenso ein Gesetz über Bildung der Kammer der Reichsräthe. Ein Adelsgesetz lag ebenfalls in der Absicht des Königs, es fand aber bei der Pairie des Reiches so wenig Anklang, daß es wieder zurückgezogen wurde.

Es kann übrigens hier nicht näher auf die innere Entwicklungsgeschichte Bayerns eingegangen werden. Aus den Thronreden des Königs, die das Gepräge seiner eigensten Anschauungen hatten, ist nur zu constatiren, daß er ein aufrichtiger Freund der Verfassung war und nichts als des geliebten Bayerns Wohl erstrebte. Als bei politischer Erregtheit 1831 der Landtag zusammentrat, erklärte der König, es sei ein erhebendes Gefühl, König der Bayern zu sein. „Das kann ich sagen", fügte er bei, „gewissenhafter als ich hält Niemand die Verfassung. Ich möchte nicht unumschränkter Herrscher sein. Nicht nur die Verfassung selbst zu beobachten, auch sie beobachten zu machen, habe ich geschworen, werde unerschütterlich darin sein und unerschütterlich wird sein der Bayern Treue." Auf diese Treue hatte er schon 1830 einen Gedenkthaler prägen lassen, und er besang sie in E. v. Schenk's Charitas:

> Siegend alle Proben schon bestanden,
> Bleibt Ihr immerdar bei Eurer Pflicht,
> Selbst die frühsten Zeiten so Euch kannten,
> Bayern! zu verderben seid Ihr nicht.

Die Debatten des folgenden Landtags waren stürmischer Natur und auch die politischen Bewegungen des Jahres 1832 brachten dem Könige manche bittere Stunde.

---

*) H. Fahrmbacher, Erinnerungen aus Italien, Sicilien und Griechenland aus den Jahren 1826—44. München 1851.

Aber in demselben Jahre erlebte er die Freude, seinen geliebten Sohn Otto dem wiedererstandenen Hellas als König geben zu können, und ein Jahr später sah er seine innigst geliebte Tochter Mathilde sich eine neue Heimat gründen.

Der Monarch stand offenbar im Zenith seines Glückes. Mit den Ständen des Reiches vertrug er sich 1834 über eine permanente Civilliste, und am Schlusse der Jahres reifte der Gedanke, den ehrwürdigen Orden der Benedictiner in Bayern wieder herzustellen. Gegen den neuernannten Abt von St. Stephan in Augsburg sprach der König die Erwartung aus, er werde dem Orden die rechte Richtung geben, dessen ganze Kraft dem großen Zwecke der Pflege der Wissenschaften und der sittlichen und geistigen Ausbildung der Jugend zuwenden, und auf diese Weise den königlichen Absichten entsprechen, „da Wir nicht einem von politischer Tendenz mehr oder minder berührten, sondern einem ursprünglich deutschen, mit der Geschichte des germanischen Vaterlandes innig verwebten, um dessen Civilisation hochverdienten, und wegen seiner würdigen Haltung von allen Meinungen gleich geachteten Orden die Lösung der Aufgabe anvertrauen, welche die Verfassungsbeilage bestimmt und unzweideutig vorgezeichnet hat."

Das Jahr 1835 brachte die Feier der silbernen Hochzeit. Sie sollte zwar nach dem ausdrücklichen Willen des Königs, der schon im Beginn des Jahres kundgegeben wurde, nur als ein Familienfest gefeiert werden; allein zehn Jahre reicher Ernte aus dem reichsten Geiste machten den treuen Bayern die Begehung dieses Festes als Nationalfest zum Bedürfniß. Es wurde in großartigster Weise durch Festzüge auf der Theresienwiese gefeiert. Am Jahrestage der Vermählung selbst legte der König den Grundstein zur Basilica, auf die Rede des Staatsministers erwidernd: „Eine Kirche ist in dieser Gegend Erforderniß, und ich wählte den heutigen, nun so frohen Tag, um den Grundstein zu derselben zu legen, der ich mit Freude diesem Bedürfnisse meiner treuen Münchener abhelfe, die ich immer lieber bekomme, da sie mich immer mehr lieben. Die Herzlichkeit, die mir bei dem letzten Octoberfeste bewiesen wurde, that meinem Herzen wohl, sie war mir das schönste Fest." Gegen den Erzbischof aber gewendet sprach er: „Diese Kirche wird der Religion von Nutzen sein, der Religion, die das Wichtigste ist, aber nicht nur äußerlich sein darf, sondern die das Leben durchdringen soll; nur sie ist der Leidenschaften Zügel; schlimm sieht es aus, wo sie mangelt, die nöthig ist dem Herrscher wie dem Letzten des Volks."

Am folgenden Tage wurde das Monument des königlichen Vaters enthüllt, zwei Tage später, nachdem schon am 25. August der Grundstein zum Universitätsgebäude und zum Georgianum gelegt worden war, der Grundstein zum Damenstiftsgebäude gelegt, und noch in demselben Monate October ein Capital von 12,000 Gulden zu jährlicher Ausspeisung der Armen am Tage der Leipziger Völkerschlacht gestiftet.

Gegen Ende des Jahres aber zog es den König, der schon als Kronprinz 1818 im Begriffe war, von Italien aus Griechenland zu besuchen, damals aber von seinem königlichen Vater nach München berufen wurde, um bei der Vollendung der Verfassungs-Urkunde gegenwärtig zu sein, unwiderstehlich nach dem geliebten Hellas, dessen König sein Sohn. Eine Bürgerdeputation war nach Starnberg vorausgeeilt, um dem König auf der ersten Station noch ihre Ehrfurcht zu bezeugen und ihre Wünsche glücklicher Wiederkehr niederzulegen. Der König war tief gerührt über diesen Beweis der Anhänglichkeit seiner treuen Münchener. „Ich trage sie im Herzen, äußerte er, wie sie mich im Herzen tragen." Darauf ging er in ein Nebenzimmer und setzte sich an den Tisch um zu schreiben. Kaum hatte er angefangen, so überwältigte ihn die Rührung und häufige Thränen mischten sich auf dem Papier mit der Schrift des Königs. Als auch die Frau des Posthalters sich der Thränen nicht mehr erwehren konnte, tröstete er sie mit den Worten: „Ich stehe dort wie hier in Gottes Hand. Sollte mir etwas begegnen, so ist alle Fürsorge getroffen. Doch ich habe das Vertrauen, daß ich wohl zurückkehre." Dann verlangte er nach einem Gebetbuch und las unter neuen Thränen die drei Abschnitte „von den letzten Dingen." Als er sich wieder gesammelt, nahm er herzlichen Abschied von Allen, die ihn umgaben. Die Mitglieder des Stadtraths brachten aber das Gebetbuch und die Feder, deren sich der König bedient hatte, als Zeichen der Erinnerung nach München zurück.

III.

(1835—1848.)

Der König hatte München am 21. November verlassen, traf am 2. Dec. in Ancona ein, wo bereits die von der Königin Victoria angebotene Kriegs-Dampf-Fregatte „Medea" nebst einer Begleitungs-Fregatte vor Anker lag, und erreichte am 7. den Hafen von Piräus. Unbeschreiblich war der Eindruck, den es auf die am Ufer versammelte Menge machte, als der königliche Vater dem auf einem Boote sich nähernden geliebten Sohne sehnsuchtsvoll die Arme entgegenstreckte und ihn dann auf dem Verdecke unter dem Ausrufe: „Mein Sohn! mein lieber Otto!" an's Herz drückte. Der Zug nach der Hauptstadt glich einem Triumphzug. Die freudigen Zurufe des Volkes übertönten den Donner der Kanonen und Tausende von Menschen drängten sich um den königlichen Wagen, um „Griechenlands Wohlthäter, den ersten und größten Philhellenen, den großsinnigen und weisen Vater ihres Otto" zu sehen und zu begrüßen. Abends war Athen glänzend beleuchtet. Der König gewann sich bald alle Herzen durch die leutselige Art zu verkehren und seine treffenden Bemerkungen. Bei der Vorstellung der Behörden konnte er nicht umhin, sein Verwundern über die große Anzahl der Beamten einiger Ministerien auszudrücken; an die h. Synode richtete er eben so freisinnige als wahrhaft christliche Worte, mit dem Beifügen, wie er der Ansicht sei, daß zum Frommen des Staates die Gerechtsame der Kirche nie angetastet oder geschmälert werden dürften. Die nächsten Tage wurden der Besichtigung der Akropolis und der sonstigen Alterthümer und Baudenkmale gewidmet, deren Erhaltung er auf's Dringendste empfahl. Vom 18.—27. Januar 1836 machte der König eine Rundreise durch den Archipel und kehrte über Smyrna, wo er einen ganzen Tag dem Besuch des französischen Reisenden Karl Texier und dessen antiquarischen Fünden und Skizzen widmete, nach Athen zurück. Der König verließ die griechische Hauptstadt nicht, ohne ein großartiges Geschenk zu hinterlassen. Schon früher hatte er 50,000 Fr. in die griechische Nationalbank eingelegt. Jetzt schenkte er diese Summe der Stadtgemeinde zur Gründung eines städtischen Krankenhauses und gab noch weiter zur ersten Einrichtung die Summe von 2000 Drachmen. In der Schenkungsurkunde erklärte er, es sei schon vor dem Antritt seiner Reise nach Hellas seine Absicht gewesen, das Wohlwollen, welches er von jeher für das Volk der Hellenen gehegt, durch Beitrag zur Stiftung eines Krankenhauses darzulegen. „Mit um so wärmerer Theilnahme — fährt die Urkunde fort — haben Wir aus dem Uns überreichten Programm das Vorhaben der Stadtgemeinde Athen entnommen, ein Krankenhaus für einheimische und fremde Arme, ohne Unterschied des Glaubens= bekenntnisses, dahier zu begründen."

Inzwischen traf man in München, da der König kostspielige Empfangsfeierlich= keiten abgelehnt hatte, alle Vorbereitungen, um ihn herzlichst zu begrüßen. Der Kronprinz feierte die glückliche Landung seines Vaters in Ancona durch ein reizendes Fest im Schlosse zum Nymphenburg, am Tage der Ankunft selbst aber (14. April) eilte eine städtische Deputation dem König bis zur nächsten Station entgegen und in derselben Richtung bewegten sich lange Reihen von Wagen und Berittenen bis über die Anhöhe von Sendling hinaus. Dort wurde der König mit Musik und Gesang begrüßt; als er aber in offenem Wagen, die Königin ihm zur Seite, unter dem Geläute aller Glocken in die festlich geschmückte Stadt fuhr, trug ihm die ganze Bevölkerung eine Herzlichkeit entgegen, welche der unverfälschte Ausdruck dankerfüllter Begeisterung für den geliebten Monarchen war.

In diesen festlichen Tagen traten wohl auch Jedem die großartigen Schöpfungen lebendiger vor die Seele, welche Bayern und vorzugsweise München dem König zu verdanken hatte. Die von ihm schon als Kronprinz sehr weit geförderte Glyptothek war mit einer unvergleichlichen Sammlung antiker Statuen ausgestattet und mit herrlichen Fresken geschmückt, der Königsbau mit seinen enkaustischen Malereien stand vollendet, ein Theil des nördlichen Palastbaues (Saalbaues) war bereits unter Dach gebracht, die Allerheiligen=Hofkirche bis zu den letzten Stadien ihrer prachtvollen Aus= schmückung geführt, der Dom in Bamberg in seiner ursprünglichen Stilreinheit wieder erstanden, die Walhalla, deren Grundstein am 18. Oct. 1830 gelegt worden, von den Fundationen bis über die Hälfte ihrer Höhe geführt, das Isarthor zu München mit seiner mittelalterlichen Burgfaçade wieder hergestellt und mit Fresken verziert, zum Bau zwei wahrhaft monumentaler Gebäude (der Ludwigskirche in München und der Mariahilfkirche in der Au) waren 200,000 Gulden gegeben, dem letzterwähnten Tempel sowohl als dem restaurirten Dome zu Regensburg ein wahrer Schatz ge= malter Fenster von kolossaler Höhe aus den Ateliers des auf des Königs Kosten bestehenden Glasmalerei=Institutes zugewendet, den 30,000 im russischen Kriege ge= fallenen Bayern ein Denkmal in Form eines Obelisken gesetzt; es war die Basilica gegründet, welche ein durch Reichthum der Architektur und malerischen Schmuck sich auszeichnender Bau werden sollte; es waren die Gemäldesammlungen wesentlich ver= mehrt, eine Sammlung kostbarer antiker Vasen angekauft, eine wahre Galerie von Porcellangemälden hervorgerufen, viele der deutschen Bildhauer mit Anfertigung der

Büsten berühmter Deutschen für die Walhalla beschäftigt; München war der Sitz einer Universität geworden, sah gegen 500 Künstler in seinen Mauern, die Gewerbe fanden reiche Beschäftigung, und der Strom der Fremden, welche das neue München zu bewundern kamen, schwoll von Jahr zu Jahr: hatten die Münchener nicht alle Ursache dem König, der außerdem in diesen zehn Jahren zu Zwecken der Wohlthätigkeit bereits über dritthalb Millionen Gulden verausgabt hatte, bei seiner Rückkehr eine aus der Tiefe des Herzens kommende Huldigung darzubringen?

Der König war auch tief gerührt. „Ich habe, schrieb er an den Bürgermeister v. Mittermayr, in diesem Empfange ganz Meine biedern Münchener erkannt, die seit Jahrhunderten Freud' und Leid mit ihren Fürsten theilend, jedes Familienfest des königlichen Hauses auch zu einem Feste der großen städtischen Familie gestalten. Drücken Sie den braven Bürgern in Meinem Namen Meinen innigen Dank aus, sagen Sie ihnen, welch freudiges Gefühl Mich ergriff, als Ich die Herzlichkeit, als Ich den Jubel sah, mit welchem Ich in Meinem festlich geschmückten lieben München empfangen wurde."

Der König theilte aber auch seinerseits Freud' und Leid mit seinen Münchnern. Als im Spätherbst 1836 die asiatische Brechruhr auch in München ihre Verheerungen begann (es fielen ihr gleich in den ersten Wochen L. v. Dresch, Generalmajor v. Tausch, Brulliot, zwei Adjutanten des Königs Otto u. a. zum Opfer), öffnete der König nicht nur seine milde Hand, indem er Suppenanstalten mit bedeutenden Summen unterstützte, arme Kinder kleiden ließ, verschämte Hausarme mehr als je mit Gaben aus der Cabinetscasse bedachte und sonst in jeder Weise mit gutem Beispiel voranging — so ließ er ein Hofconcert noch spät abbestellen, da bei der großen Kälte jenes Abends zu fürchten sei, daß die auf ihre Herrschaften wartenden Kutscher und Bedienten gefährlichen Erkältungen ausgesetzt seien —, sondern er setzte auch dem Andrängen, die Hauptstadt zu verlassen und etwa nach Aschaffenburg zu gehen, wo er mit König Otto, der sich eben (22. Nov.) in Oldenburg vermählt hatte, zusammentreffen könne, beharrlichen Widerstand entgegen. Hochherzig erklärte er, er werde jetzt München nicht verlassen, zumal er den treuen Bewohnern auch nicht Einen seiner trefflichen Aerzte auch nur vorübergehend entziehen wolle. Als aber im Januar 1837 König Otto mit seiner jugendlichen Gemahlin auf der Rückreise in sein zweites Vaterland, ohne München zu berühren, nach Tegernsee kam, wo er von der geliebten Mutter und allen Mitgliedern der königlichen Familie begrüßt werden wollte, da durfte auch der Königliche Vater nicht ferne bleiben, und er verherrlichte durch seine Anwesenheit die heitern Feste, welche von den biedern Gebirgsbewohnern dem neu vermählten Königspaare gegeben wurden. Doch blieb er nur wenige Tage von München entfernt, denn es war ihm eine Pflicht, auch in dem Momente in Mitten seiner treuen Münchener zu weilen, in welchem die Brechruhr noch einige, wenn schon minder zahlreiche Opfer forderte, und durch sein Beispiel sowie durch die Kraft seiner

Alles belebenden Einwirkung dafür zu sorgen, daß keine allzufrühe Sorglosigkeit
die getroffenen Anstalten lähme.

Nach völligem Erlöschen der Epidemie fühlte sich denn auch die Stadt gedrungen, dem König ihren besondern· Dank auszusprechen. Eine Deputation des
Magistrats, Bürgermeister v. Teng an der Spitze, überreichte dem König eine mit
dem Wappen der Stadt gezierte Adresse, worin der Magistrat im Namen der Ein-
wohner Münchens den ehrfurchtsvollen Dank aussprach, daß der König und die
königliche Familie während der traurigen Krankheitsperiode die Hauptstadt nicht verlassen, vielmehr durch ihre Gegenwart und Unterstützung der Bedürftigen den Muth
der Bewohner erhöht und deren Lage auf das menschenfreundlichste gelindert haben.·
Der König seinerseits versicherte die Deputation seiner besondern Zufriedenheit mit
der allgemeinen Haltung der Bevölkerung, da sie mit Ruhe und Ergebung in das
Geschick die Leiden ertragen und sich fern von jenen Ausschweifungen gehalten, wie
sie in mehreren großen Städten Europa's vorgekommen.

Auch der Bayern in Rom gedachte übrigens der König, als in demselben Jahre
auch dort die Cholera zum Ausbruch kam. Er schickte zwei jüngere strebsame Aerzte
(Pfeufer und Geist) dahin, um die daselbst erkrankenden Bayern in ärztliche Be-
handlung zu nehmen.

Die Bande zwischen dem königlichen Haus und der Bevölkerung konnten durch
solche Vorgänge nur inniger geknüpft werden. Um so lebendiger war die allgemeine
Theilnahme, als im Herbste dieses Jahres (1837) der König und die Königin nebst
der Kaiserin-Mutter von Oesterreich bei Berchtesgaden wie durch ein Wunder einer
Lebensgefahr entgangen waren (3. Sept.). An einem steilen, etwa 60 Fuß tiefen, mit
einigen Bäumen und Gebüsch bewachsenen Abhange, an dessen Fuße der Ramsauer
Bach fließt, war plötzlich eines der Mittelpferde des sechsspännigen Zuges widersetzlich
geworden, schlug aus und drängte das andere gegen das Geländer. Dieses brach und
beide Thiere wären in die Tiefe gestürzt und hätten den ganzen Zug mit sich hinab-
gerissen, wären sie nicht glücklicher Weise vom Gebüsche aufgefangen worden. Nur
so wurde es dem Postillon möglich, den Wagen am Rande des Abgrundes aufzuhal-
ten, worauf der Leibhusar und ein Leibjäger rasch vom Bock sprangen und den Majestäten aus dem Wagen halfen. In München wurde ein feierliches Dankamt für die
glückliche Rettung des Herrscherpaares abgehalten und die eben versammelten Kammern
richteten besondere Glückwünschungsadressen an den König, welcher hiefür seinen herzlichen Dank aussprach, beifügend: „Bei den mannigfachen Regierungssorgen kann
Mir nichts angenehmer und lohnender sein, als die Liebe und das Vertrauen Meiner
treuen Unterthanen, dessen Bethätigung Ich in den Abstimmungen zu sehen hoffe."

Der Wink war deutlich. Seit dem Jahre 1831 hatten sich manche Irrungen
zwischen den Ständen des Reiches und der Regierung ergeben. Es war kurz vor
dem Landtag eine strenge Censurverordnung erlassen worden und mehreren als freisinnig

bekannten Beamten, die zu Abgeordneten gewählt waren, wurde der Urlaub verweigert. Der König hatte am 1. März den Landtag mit einer Rede eröffnet, in welcher er (wie schon oben erwähnt) betheuerte: „Ich möchte nicht unumschränkter Herrscher sein." Die Kammer der Abgeordneten antwortete darauf, indem sie mehreren Ausgaben für Kunstgegenstände (Odeonsbau, Pinakothek 2c.) die Zustimmung verweigerte, während die Reichsräthe sämmtliche Posten genehmigten. In der Censurverordnung sah die Kammer eine Verletzung der Verfassung, worauf der Minister v. Schenk zurücktrat und der Ministerverweser v. Stürmer einen neuen Entwurf des Preßgesetzes mit sehr liberalen Bestimmungen (Aufhebung der Censur für innere Angelegenheiten, Beschränkung für äußere, Zuweisung der Preßvergehen an die Gerichte, Mündlichkeit und Geschwornengerichte) zur Vorlage brachte. Allein es konnte keine Einigung zwischen den beiden Kammern erzielt werden und der Entwurf wurde wieder zurückgenommen. Auch mehrere andere Gesetzentwürfe (über Verantwortlichkeit der Minister, Beschränkung der Befugniß zur Urlaubsverweigerung, Sicherstellung der Staatsangehörigen gegen Uebergriffe der Polizei- und Militärgewalt 2c.) kamen nicht zu Stande. Der Landtagsabschied verwahrte sich feierlich gegen das von der Kammer behauptete Steuerbewilligungsrecht und wies einen Theil der ständischen Anträge wegen Incompetenz zurück. Bald darauf trat ein Ministerwechsel ein mit dem Fürsten Ludwig von Oettingen-Wallerstein als Minister des Innern, während in der Pfalz die durch die Presse genährte Aufregung immer größer ward und das Hambacher wie das Gaibacher Constitutionsfest zu Unordnungen, Verhaftungen und theilweise Berurtheilungen (Gefängniß, Abbitte vor dem Bilde des Königs) führten.

Der Landtag von 1834 verlief zwar ruhiger und es kamen mehrere wichtige Gesetze zu Stande (Permanenz der Civilliste des Königs, Wiederherstellung der Festung Ingolstadt, Abänderung des Gemeindeedicts, Maximum der Kreisumlagen, Errichtung einer Hypotheken- und Wechselbank, Gleichstellung der griechischen Confession mit den bevorrechteten christlichen 2c.). Desto stürmischer wurden die Verhandlungen auf dem folgenden Landtage (1837), da mehrere Abgeordnete die Vermehrung der Klöster und Stifte bitter tadelten und einige Etatsüberschreitungen und Vorausgaben zu monumentalen Bauten zu einer leidenschaftlichen Erörterung über die Frage der Erübrigungen führten. Diese Frage, sowie das von der Regierung in Anspruch genommene Recht der Urlaubsverweigerung bildeten wiederholt den Gegenstand heftiger Debatten. Der König hatte den Landtag 1840, welchem wegen der neuen Kreiseintheilung Neuwahlen vorausgegangen waren, mit einer Rede vom Thron eröffnet, in welcher mit Bezug auf die neue Benennung der Kreise gesagt war: „Bayern, Pfälzer, Franken, Schwaben, ruhmvoll nennt sie die Geschichte; zu schön glänzen diese Namen durch eine Reihe von Jahrhunderten, als daß sie erlöschen sollten, und freudig ertheile ich den Ländern wieder ihre angestammten Benennungen. Der geschichtliche Boden ist ein fester. Nicht der Namen Vertilgung bewirkt

Einheit; treues Zusammenhalten, Anhänglichkeit an den Thron: Das vereinigt und meine Liebe umfaßt alle meine Unterthanen." Am Schlusse aber war betont: „Vertrauen fördert das Gute, Mißtrauen verhindert es; möge dieses nie verkannt werden." Leider jedoch hatte das Mißtrauen in Vieler Gemüth schon zu tiefe Wurzeln gefaßt, als daß es so leicht zu beschwören gewesen wäre.

Es wird eines der interessantesten Capitel für einen künftigen Geschichtschreiber Bayerns sein, diese allmälige Entwicklung des Mißtrauens näher darzulegen und die verschiedenen Gründe dafür auf ihren wahren Werth zurückzuführen. Principiell genommen, hatte sich zwischen der Regierung — und diese war der Ausdruck des königlichen Gedankens — und der Volksvertretung in ihrer Mehrheit nach und nach und immer schärfer ein Gegensatz entwickelt, der auf den innersten Kern des Verfassungs= lebens zurückging. Regierung und Opposition beriefen sich, beide im besten Glauben, auf den Buchstaben der Verfassung. Aber während jene sich auf den Boden einer ständischen (jedoch keineswegs alt ständischen) Verfassung stellte, machten sich in den Reden und Handlungen der Opposition die Ideen der modernen Repräsentativ = Verfassung geltend. Es war mithin ein Kampf zwischen der alten und der neuen Zeit. Mit Macht sproßten die Keime einer neuen Culturperiode hervor und je mehr man sie zu unterdrücken suchte, desto kräftiger wurden die Schößlinge. Nur wer mit tieferem historischen Sinne die parlamentarischen Kämpfe in der zweiten Hälfte der Regierungszeit König Ludwigs I. betrachtet, kann sie objectiv und ohne Verletzung der mitwirkenden Persönlichkeiten beurtheilen. Jene Kämpfe hatten sich zuletzt in die Frage: ob „Staatsministerium" oder ob „Ministerium" zugespitzt. In der That aber war es ein Ringen zweier Culturperioden und der Ausgang war ein tragisches Verhängniß.

Indeß kamen noch andere Momente dazu, welche den Kampf verbitterten. Der König war, wie schon früher gezeigt, sicherlich nicht unduldsam gegen andere Confessionen. Aber er war aus Ueberzeugung Katholik und hatte so viel Gerechtigkeits= sinn, daß er es für Pflicht erachtete, dem im Concordat gegebenen Versprechen bezüglich klösterlicher Institute möglichst nachzukommen — eine kleine Sühne dessen, was die Säcularisation verschuldet hatte. Seine künstlerische und poetische Natur fand in dem katholischen Cult volle Befriedigung und ihn zu verherrlichen, hatte er prachtvolle Bauten unternommen. Es war ihm auch nicht verborgen, daß die construirenden Elemente der menschlichen Gesellschaft vorzüglich in katholischer Lehre und System ihre Stütze finden. Daher die Berufung des Benedictinerordens, welchem 1836 auch das alte Wittelsbachische Stammschloß Scheyern übergeben wurde. Daher die Begünstigung weiblicher Erziehungsorden, daher, besonders seit der Entfernung des Fürsten von Wallerstein (1837) und dessen Ersetzung durch Hrn. v. Abel, mehrere andere Verfü= gungen, welche das katholische Leben wecken und fördern, dagegen der Verflachung in religiösen Dingen steuern sollten. In der Pfalz wurden wieder öffentliche Procesfionen gestattet, die letzte Wegzehrung wurde nicht mehr gleichsam heimlich, sondern in einer der Würde des h. Sacramentes entsprechenden Weise in das Haus des Sterbenden gebracht, dem Militär wurde, wie sie früher üblich war, die Kniebeugung befohlen (1838), es wurden besondere Lehrbücher für den Gebrauch in katholischen und protestantischen Schulen eingeführt, die alten Classiker purificirt und der Centralschulbücherverlag monopolisirt. Dazu kam das Kölner Ereigniß, ein offener Gewaltact, welcher, zeigend wessen protestantische Staatsomnipotenz fähig war, im ganzen katholischen Deutschland die lebhafteste Aufregung hervorrief. Die katholischen Kräfte sammelten sich und die Historisch-politischen Blätter, von Görres und Phillips gegründet, nahmen den Kampf mit Geist und wissenschaftlicher Tiefe auf.

König Ludwig hat das unbestrittene Verdienst, während der Kölner Wirren dem freien Wort der Katholiken eine Zufluchtsstätte eröffnet zu haben. Er hatte, nachdem Preußens König das, was von andern, wenn auch im Irrthum über Personen und Sachen, begangen worden, ohne Halbheit, offen und großartig wieder gut gemacht, auch das weitere Verdienst, in dem trefflichen Bischofe von Speyer den Mann erkannt zu haben, welcher alle jene seltenen Eigenschaften in vollem Maße vereinigte, die da unentbehrlich waren, um allen Betheiligten gleiches Vertrauen einzuflößen: dem Papste, wie dem gegenüberstehenden Könige, dem greisen Erzbischofe wie den Angehörigen beider Kirchen. Wie der König von Bayern in der Kölner Angelegenheit, nachdem das Recht anerkannt worden, den Frieden der Kirche und des gemeinsamen deutschen Vaterlandes Wohlfahrt und ihre Grundbedingung, die Eintracht, durch persönliche Vermittlung beförderte, so war er auch im eigenen Lande bestrebt, die etwas hoch gehenden Wogen confessioneller Polemik, die natürlichen Ausschwingungen des Kölner Ereignisses, möglichst zu beruhigen. Persönlich schien er schmerzlichst berührt, als die katholische Kirche in Bayern seiner geliebten Stiefmutter, der Königin Friederike Wilhelmine Caroline, welche am 13. November 1841 starb, nicht einen förmlichen Trauergottesdienst hielt. Der Bischof von Augsburg, dessen Verfahren übrigens später vom h. Stuhle gerügt worden, machte allein eine Ausnahme, erhielt aber dafür den Ausdruck königlichen Wohlgefallens in einem besondern Handschreiben. Wenige Monate später sagte der König dem neuernannten Bischof von Regensburg: „Sie haben drei würdige Vorgänger. Daß Sie vorzüglich Sailer nachahmen, wünsche ich. Er war wahrhaft apostolischen Geistes. Was ich für's Beste unserer heiligen Kirche gethan, meine in's 17. Jahr gehende Regierung zeigt es. Gegen Fanatismus bin ich; er bewirkt das Gegentheil dessen, was er bezielt. Fromm sollen meine Bayern sein, aber keine Kopfhänger. Ich wiederhole es: Sailer sei Ihnen Vorbild; obgleich er jetzt in den Staub gezogen wird, war dennoch der wahre, christliche Sinn in ihm und wirkte das Gute." Bald darauf erschien auch ein allerhöchster Erlaß gegen zelotische Predigten und wurden die Behörden angewiesen, entweder selbst sofort auf das nachdrücklichste einzuschreiten, oder die Einschreitung der kirchlichen Behörden hervorzurufen. Daß Chicanen untergeordneter Aemter dadurch ziemlichen Spielraum erhielten, schien man zu übersehen. Jedenfalls waren sie nicht beabsichtigt, des Königs Wille war vielmehr, wie das Rescript ausdrücklich hervorhebt, „daß den geistlichen Behörden in ihren auf die Wiederbefestigung der positiven Glaubenslehre, als der einzigen dauernden Grundlage wahrhafter Religiosität und Sittlichkeit, und auf deren Wiedereinführung in das öffentliche und Privatleben gerichteten Bestrebungen, sowie in der Bekämpfung jener verwerflichen Gesinnung, die zwischen den beiden Grenzpunkten eines flachen Indifferentismus und crassen Materialismus unter den mannigfaltigsten Formen fortwuchert, von Seite der k. Stellen und Behörden nicht nur kein Hinderniß gelegt, sondern vielmehr überall der kräftigste Vorschub geleistet werde."

Der König wurde auch nicht müde, seiner kirchlichen Gesinnung Ausdruck zu geben. Er errichtete 1839 das Collegiatstift bei St. Cajetan, gab 1849 den Verkehr mit dem päpstlichen Stuhle in geistlichen Dingen frei, berief die Redemptoristen nach Altötting, beförderte die Einführung der Barmherzigen Schwestern und, mit einem Capital von 10,000 fl., die der Frauen vom Guten Hirten, gab ebensoviel den Franciscanern in Jerusalem, 1000 fl für den Bau einer katholischen Kirche in London, weitere 1000 fl. den emigrirten spanischen Priestern, 500 fl. den Christen in Pera. Der restaurirte Dom zu Regensburg ward zu Pfingsten 1839 wieder eröffnet, in demselben Jahre die Mariahilfkirche in der Au und die Kirche der Barmherzigen Schwestern, 1843 die Ludwigskirche eingeweiht. Daneben flossen fortwährend reiche Gaben zu Zwecken der Wohlthätigkeit. Den Schillerverein bedachte der König mehrmals mit ansehnlichen Geschenken; die Unterstützungsbeiträge für Kinder von Mitgliedern des Militär-Max-Josephs-Ordens und des Verdienstordens der Bayerischen Krone wurden von Jahr zu Jahr vermehrt, die armen Spessartgemeinden erhielten 40,000 fl., viele katholische Kirchen in und außerhalb Bayerns (wie in Zürich) ansehnliche Beiträge zum Baufond, ebenso aber auch protestantische, wie z. B. in Elmstein (1000 fl.), in Ingolstadt (20,000 fl.), und als Hamburg 1842 von dem großen Brandunglück heimgesucht wurde, gab der König von Rom aus schriftlich — „Fern bin ich von unsrer teutschen Heimat, mein Herz aber ist in ihr geblieben", begann das Schreiben — eine Anweisung auf 15,000 fl. aus der Cabinetscassa, und ertheilte Befehl, daß im ganzen Königreich gesammelt werde. „Möchten die Bayern sowie alle Teutsche" — hieß es in der Zuschrift an den Minister — „auch bei dieser Gelegenheit das Gefühl bethätigen, daß wir alle einem gemeinschaftlichen Vaterland angehören."

Die Kunst kam dabei nicht zu kurz, besonders wenn zugleich kirchliche oder nationale Zwecke erreicht werden konnten. Der König hatte schon als Jüngling, während Deutschland in tiefster Erniedrigung schmachtete, mit Joh. v. Müller (dessen spätern Abfall er schmerzlichst beklagte) und andern Patrioten den Plan zu einer

Ruhmeshalle für deutsche Heroen besprochen. *) Der Gedanke stand nun verkörpert an der Donau Strom als Walhalla, und der König selbst, der kurz vorher die „Walhallagenossen" mit großen Zügen und tiefstem historischen Verständniß geschildert hatte **), eröffnete am 18. Oct. 1842 diesen deutschen Ruhmestempel mit den Worten: „Möchte Walhalla förderlich sein der Erstarkung und Vermehrung deutschen Sinnes! Möchten alle Deutschen, welchen Stammes sie auch seien, immer fühlen, daß sie ein gemeinsames Vaterland haben, ein Vaterland, auf das sie stolz sein können; und jeder trage bei, so viel er vermag, zu dessen Verherrlichung." Und als sich der lange, glänzende Zug der zum Feste Geladenen, der König und die Königin an der Spitze, langsam in den Pronaos bewegte, unterbrach der erhabene Stifter noch einmal die erwartungsvolle Stille, indem er sprach: „Möge der Gedanke dieses neu eröffneten Heiligthums der Erstarkung und Vermehrung deutschen Sinnes förderlich sein."

Am folgenden Tage legte der König den Grundstein zur Befreiungshalle in Kelheim. „Vergessen wir nie", so lauteten die dabei gesprochenen, denkwürdigen Worte, „was dem Befreiungskampfe vorhergegangen, was in die Lage uns gebracht, daß er nothwendig geworden, und was den Sieg uns verschafft. Vergessen wir nie, ehren wir immer unsere Helden! Sinken wir nie zurück in der Zerrissenheit Verderben! Das vereinigte Deutschland, es wird nicht überwunden." Und bei dem Banket dieses Tages brachte der König einen Toast aus: dem gemeinsamen deutschen Vaterlande, „das keinem andern Lande nachsteht, das sich zu fühlen anfängt, das sich von keinem

---

*) In dem Vorwort zu den Walhallagenossen sagt König Ludwig: „Es waren die Tage von Teutschlands tiefster Schmach (schon hatten jene von Ulm und Jena stattgefunden, die Rheinische Conföderation war geschlossen, Teutschland zerfleischte sich bereits selbst), da entstand im Beginne des 1807. Jahres in dem Kronprinzen Ludwig von Bayern der Gedanke, der fünfzig rühmlichst ausgezeichneten Teutschen Bildnisse in Marmor verfertigen zu lassen, und er hieß gleich Hand an die Ausführung legen. Später wurde die Zahl vermehrt, dann auf keine beschränkt und nur rühmlich ausgezeichneter Teutschen, fühlend, daß sagen zu wollen, welche die rühmlichsten, Anmaßung wäre, wie denn auch zu behaupten, daß es keine gäbe, die eben so verdienten in Walhalla aufgenommen zu sein, und mehr noch als manche, die es sind. Teutscher Zunge zu sein, wird erfordert, um Walhalla's Genosse werden zu können; wie aber der Hellene ein solcher blieb, gleichviel ob aus Jonien oder aus Sikelien, aus Kyrene oder Marsiglia, so der Teutsche, sei er aus Liessland, dem Elsaß, der Schweiz oder den Niederlanden (ward ja holländischer Adel sogar in den teutschen Orden aufgenommen, und flammändisch und holländisch sind Mundarten des Platt-Teutschen). Auf die Wohnsitze kommt es nicht an; ob es seine Sprache behalten, das bestimmt den Fortbestand eines Volkes.... Rühmlich ausgezeichneten Teutschen steht als Denkmal und darum Walhalla, auf daß teutscher der Teutsche aus ihr trete, besser, als er gekommen. Geweiht sei diese ehrwürdige Stätte allen Stämmen teutscher Sprache; sie ist das große Band, das verbindet, wäre jedes andere gleich zernichtet; in der Sprache währt geistiger Zusammenhang."

**) Walhalla's Genossen, geschildert durch König Ludwig den Ersten von Bayern, den Gründer Walhalla's, München 1842, 2. A. 1847.

Fremden mehr wird unterdrücken lassen!" — einen zweiten den Helden des Befreiungskampfes: „So trinken wir denn die Gesundheit des Prinzen Wilhelm von Preußen und des Prinzen Karl von Bayern, meines Bruders. Auf das Wohl aller Anwesenden und Abwesenden!" — und einen dritten auf die Frauen, „die sich ausgezeichnet in den Zeiten des Aufschwungs, vor Allen der deutschen fürstlichen Frau, der Prinzessin Wilhelm!"

Das nächste Jahr sah, 12. Oct., die Grundsteinlegung zum Siegesthor, und der 15. Oct. jene zur bayerischen Ruhmeshalle auf der Theresienwiese. „Was Walhalla für Deutschland, unser gemeinsames Vaterland ist", sprach bei diesem festlichen Anlaß der König, „das soll Bayerns Ruhmeshalle sein den im Königreich Gebornen oder Wohnenden. Die Vorzüglichsten der in sie Kommenden hat auch jene zu erhalten. Aneifernd zu allem Trefflichen und Edlen wirke, nach Jahrhunderten noch, die Ruhmeshalle Bayerns." Bereits wurde auch der Riesenguß der Bavaria vorbereitet, während die k. Erzgießerei zugleich ununterbrochen mit dem Guß von Standbildern berühmter Männer, wie Jean Pauls, Tillys und Wredes, Glucks und Orlandos u. v. a. beschäftigt war, und schon 1839 den schwierigen Guß der Reiterstatue des Kurfürsten Max I. beendigt hatte, bei deren Enthüllung der König sprach: „Es ist eine alte Schuld Bayerns, eine fast zweihundertjährige, die heute abgetragen wird."

Inzwischen war bei Gelegenheit der Vermählung des Kronprinzen Max (12. Oct. 1842) auch der Festsaalbau eröffnet worden mit der umfassenden Reihe historischer Bilder Julius Schnorr's und den zwölf goldenen Ahnenbildern Schwanthalers und andern Werken der Plastik und Malerei. Bald darauf wurde bekannt, daß der König beschlossen habe, mit einem Aufwand von 220,000 Gulden den Kaiserdom in Speyer wieder herzustellen und im Innern mit Fresken zu schmücken, während er schon seit ein paar Jahren auch dem Ausbau des Kölner Domes durch Gründung des Dombauvereins und eigene Gaben sein vollstes Interesse zugewendet hatte.

Als im Jahre 1840 deutscher Sinn neu erwachte, verlieh der König an M. Arndt, „dem lieben Manne, welcher den Muth hatte, sich kräftig für das Vaterland auszusprechen in der Zeit der größten Schmach", das Ritterkreuz des Verdienst-Ordens der bayerischen Krone, beifügend: „Empfangen Sie es als ein Merkmal Ihrer Anerkennung und meiner Gesinnung; es ist eine Freude, die ich mir gewähre. Labsal war mir in jenen gräßlichen Tagen Ihr so echt deutsches Werk zu lesen; das es durchlebende Gefühl klang in meinem Herzen wieder." Dem Dichter des Rheinliedes, Niklas Becker, hatte er einen silbernen und reich vergoldeten Ehrenbecher in gothischem Stile geschenkt, mit der Widmung: „Der Pfalzgraf bei Rhein dem Dichter des Liedes: Der deutsche Rhein, 1840." Welche Deutung er aber dem Ausbau des

Kölner Doms gab, sprach er in dem Gedichte „Die Teutschen seit dem Jahre 1840"
aus, an dessen Schluß es heißt:

> Ja! Der heil'ge Funken hat gezündet,
> Wärmend, leuchtend, dieser Flamme Licht,
> Nicht gemessen wird sie, noch ergründet,
> Größer wird sie, sie verlöschet nicht.
>
> Der Vereinigung ein hehres Zeichen
> An dem alten Rhein, dem teutschen Strom,
> Dem kein anderer vermag zu gleichen,
> Rag' gen Himmel Kölns ehrwürd'ger Dom.

König Ludwig genoß damals unter allen Fürsten Deutschlands des größten An-
sehens und der größten Verehrung. Viele sahen auf seinem Haupte schon die deutsche
Kaiserkrone. Und obwohl er selbst weit entfernt war, sich einem solchen Traume
hinzugeben — in seiner deutschen Bundespolitik zeigte er keinen andern Ehrgeiz, als
unter den Mächten zweiten Ranges die erste Stelle einzunehmen, wie sie Bayern auch
gebührte — wäre er sicher einer der Würdigsten, wo nicht der Würdigste gewesen,
das Scepter eines geeinten Deutschlands zu führen. Indeß hatte er, vielmehr seine
Art zu regieren, auch heftige Gegner. Es ist nicht zu läugnen, daß in seinem ganzen
Wesen, wie es großen Charakteren immer eigen ist, etwas Absolutistisches lag. Selbst
die Freiheit, die er z. B. der Presse gewährte, war nur seinem ureignen Willen
zu verdanken. An die Verfassung hielt er sich strenge, aber nur seine Auslegung hatte
eine Berechtigung. Und es war gewiß aufrichtig, wenn er wiederholt erklärte, er
möchte nicht unumschränkter Herrscher sein; aber um große Zwecke zu erreichen, that
er doch manches, was zum mindesten mit dem Geist der Verfassung in Widerspruch
war. Es bedarf nur der Erinnerung an die Ueberführung bayerischer Truppen
nach Griechenland, an die griechischen Subsidien und die Verfügung über die Erübrigungen. Hatte er der katholischen Kirche manche Freiheiten gewährt, ihren wohlthätigen Einfluß auf die Civilisation anerkannt, ihre gerechten Ansprüche auf Er-
füllung der im Concordat gegebenen Zusagen gewürdigt, so hatte doch auch sie sich
über manche unbillige Bevormundung zu beklagen, und es ist zwar eine sehr verbreitete, nichtsdestoweniger aber gänzlich irrige Ansicht, wenn man glaubt, sie allein
habe sich unter König Ludwigs Regiment voller Freiheit zu erfreuen gehabt. Aber
sie war ihm gewiß dankbar für seine Gunst, und viele Katholiken mochten wohl, weil
sie Klöster entstehen sahen, weil der äußere Cult eine größere Pracht entwickeln
konnte, überhaupt keine weiteren Wünsche mehr haben. So kam es, daß die Katholiken im Großen und Ganzen sich mit der Regierungspartei befreundeten, dafür
aber auch für manches verantwortlich gemacht wurden, was ihnen fremd war,
während die Oppositionspartei mehr oder minder in akatholischen Richtungen ihre
Stütze fand. So amalgamirten sich beide Parteien mit confessionellen Elementen
und die Unbefangenheit machte immer mehr dem Mißtrauen Platz.

Schon daß der König seinem berühmten Ahnen, dem Helden des dreißigjährigen Krieges, ein Denkmal setzte, deuteten Viele als Ausdruck einer bedrohlichen Gesinnung. Die Kniebeugungsordre war ein unmittelbarer Angriff auf die Gewissensfreiheit, obwohl die Beugung des Knies als militärdienstliche Salutationsform mit der Adoration nichts gemein hat; zugegeben aber, sie sei der nothwendige Ausdruck der Adoration, das Nichterlauben (oder Nichtcommandiren) für den katholischen Soldaten einen Gewissenszwang in sich schlöße. Das Verbot des Gustav-Adolf-Vereins ward vollends fast einer Unterdrückung der protestantischen Kirche in Bayern gleichgeachtet, obwohl damals selbst in akatholischen Kreisen die Ansicht sich geltend machte, jener Verein bezwecke unter der Maske der Confession demokratische Tendenzen, und es sei mindestens taktlos, ihm einen Namen zu geben, der an die Zertrümmerung des deutschen Reiches und seinen Verkauf an Frankreich erinnere. Man vergaß, daß der König auch einer Subscription zu Ehren O'Connells die Genehmigung versagt hatte, man legte, wenn auswärtige Blätter, die sich die bitterste Befehdung der bayerischen Regierung zur Aufgabe machten, mit Beschlag belegt oder gänzlich verboten wurden, nicht in die Wagschale, daß ähnliches Loos schon früher auch katholische Blätter getroffen hatte.

Der König war weit entfernt, die Gewissen bedrücken zu wollen. Die Kniebeugungsordre erlitt Modificationen und ward zuletzt ganz zurückgenommen. Die Bedürfnisse protestantischer Gemeinden wurden möglichst berücksichtigt, und der König spendete aus eigenen Mitteln vielfache Unterstützung. Die verfehmten auswärtigen Blätter wurden bald wieder zugelassen, und auch das Verbot der Universität Leipzig nach einem halben Jahre wieder aufgehoben. Um jene Zeit wurden auch einige der politisch Compromittirten theilweise oder gänzlich begnadigt, und für einen Ulmer Buchhändler, der die Schmähschrift: „Lobgesänge auf König Ludwig" verbreitet hatte, verwendete sich der König so nachdrücklich — er wünschte, daß die Strafe ganz erlassen werde —, daß der zuerkannte fünfmonatliche Festungsarrest im Gnadenweg auf sechs Wochen ermäßigt wurde.

Nach Italien zog es den König immer wieder. Bald nach der Vermählung seiner geliebten Tochter Adelgunde (1842) begab er sich nach Palermo, wo er meist in Gesellschaft des Kunstkenners und Archäologen Lofaso, Herzogs von Serra di Falco, die Werkstätten der Künstler, die Sammlungen und Denkmäler besuchte. Bald nach dem Einzug des neuvermählten Prinzen Luitpold und nach der Vermählung der Prinzessin Hildegarde (1844) begab er sich nach Rom, nicht ohne vorher dem Bürgermeister zu danken, daß die Bürgerschaft während der in den ersten Tagen des Mai stattgehabten Bierexcesse „neue Beweise jener unbefleckten Treue und trefflichen Gesinnung" gegeben habe, „durch welche diese Bürgerschaft zu allen Zeiten und unter allen Verhältnissen sich ausgezeichnet hat." In Rom interessirte sich der König dießmal besonders für den Neubau der Basilica von St. Paul. Die Accademia di Santa

Cecilia bethätigte ihm ihre Verehrung durch einen feierlichen Act, indem sie für die ihr wohlbekannte sorgsame Pflege der ernsten und classischen Musik in des Königs Landen dankend — in der Allerheiligen Hofkirche wurde, wie in der Sixtina, nur Vocalmusik aufgeführt — ihn und seine königliche Gemahlin zu beschützenden Ehrenmitgliedern erwählte. In demselben Jahre befand sich eine Commission bayerischer Künstler in Pompeji, um behufs des Baues eines vollständigen pompejanischen Hauses bei Aschaffenburg — nach Art des sog. Hauses des Castor und Pollux — artistischen und technischen Studien zu obliegen.

In den nächsten Jahren machte der König Reisen im eigenen Lande, meist um sich von den Fortschritten in Neubauten zu überzeugen oder die Industrie zu ermuntern. Als ein seltenes Beispiel fürstlicher Aufmerksamkeit darf es wohl hervorgehoben werden, daß der König die Redaction der Allgemeinen Zeitung im J. 1842 mit einem höchst schmeichelhaften Anerkennungsschreiben überraschte, des Inhalts: „Wie die Redaction der Allg. Ztg. sich der Landwirthschaft, des Gewerbswesens und des Handels unseres teutschen Vaterlandes gegen das Ausland fortgesetzt annimmt, gibt Mir einen erfreulichen Anlaß, ihr darüber Mein Wohlgefallen auszudrücken." Den Hinterlassenen Fr. List's verlieh der König lebenslängliche Leibrenten, den Töchtern bis zu ihrer Versorgung. Im J. 1843 wurde der Ludwigscanal eröffnet und die Rheinschanze zur Stadt Ludwigshafen erhoben.

Im Jahre 1845 erlebte der König die Freude, daß ihm an seinem Doppelfeste und zu gleicher Stunde, da er das Licht der Welt erblickte, ein Enkel geboren wurde: der Erstgeborne seines geliebten Sohnes, des Kronprinzen. Der Jubel im ganzen Lande war groß und aus allen Theilen des Reiches, von weltlichen und geistlichen Stellen und Behörden, dann Städten und Landgemeinden gingen dem Könige Adressen zu. Der König empfing diese „die reinste Theilnahme athmenden Glückwünsche" mit herzlichem Dank, und erkannte darin „abermals die Gefühle von jener Treue und Anhänglichkeit des bayerischen Volkes an das angestammte Haus seiner Fürsten, wovon die Geschichte voll der erhabensten Beispiele ist."

Bei Eröffnung des nächsten Landtages (6. Dec. 1845) dankte der König vor allem für das Vertrauen des vorigen Landtages, „der sich auf's glänzendste schloß." Dann fuhr er fort: „Gott hat mein Haus gesegnet, hat mich dreifachen Großvater werden lassen. Auch meine Enkel, hoffe ich, werden die Liebe erben, die mich für mein Volk durchdringt." Am Schlusse aber erklärte er: „In dieser Zeit vielfacher Aufregung zeichnet sich durch seine Haltung mein Volk rühmlich aus. Erhebend ist das Gefühl, König eines solchen zu sein."

Leider sollte dieser Landtag eine traurige Berühmtheit erlangen. Durch eine Reihe von Anträgen des Fürsten Karl v. Wrede, in welchen sich Fanatismus und Frivolität um den Rang stritten, und die nur von tiefster Erbitterung gegen den Minister v. Abel dictirt waren, wurde die katholische Bevölkerung in ihren heiligsten

Gefühlen verletzt. Alsbald bedeckten sich zahlreiche Adressen mit Tausenden von Unterschriften, um gegen den in jenen Anträgen sich kundgebenden Geist zu protestiren,
und den König des Dankes und der treuesten Ergebenheit der Katholiken zu ver-
sichern. „Weit entfernt von irgendwelcher Unzufriedenheit, weiß es das katholische
Volk" — so hieß es in der Augsburger Adresse — „mit tiefsinniger Dankbarkeit
zu würdigen und zu schätzen, daß Ew. k. Maj. weise Regierung mehr und mehr mit
hülfreicher Hand die Wunden zu heilen sucht, welche eine böse Zeit der Kirche und
damit der Religion, der Sittlichkeit und dem gemeinen Wohl geschlagen hat. Es
zweifelt auch keinen Augenblick daran, daß Ew. k. Maj. Regierung fortwandeln werde
auf dem schönen Wege der Gerechtigkeit, unbeirrt durch der Neuerer Geschrei und der
Unruhestifter Ränke."..... Die Münchener Adresse erklärte: „Die katholische Kirche,
zur Freiheit zurückgekehrt, entfaltet ihr reiches und gesegnetes Leben. Mit dankerfüll-
tem Herzen sieht der Bayer unter königlichem Schutze jene Asyle der Tugend,
jene Pflanzschulen der Frömmigkeit und Gelehrsamkeit wieder erstehen, durch welche
er zum Christenthum und zur Civilisation geführt wurde. Nur ein religiöses Volk
ist ein starkes Volk, und so ist es auch gerade das feste Beharren an der heiligen
Sache unserer katholischen Kirche gewesen, durch welches unser gesegnetes Fürstenhaus
im Lauf der Jahrhunderte Bayerns Macht und Würde gewahrt hat und immer
wahren wird, so lange sein erhabener König dem angestammten, treuvertheidigten
Glauben seines katholischen Volkes seine schirmende Hand leihen wird." . . . .

Der König nahm diese Adressen als seinem Herzen wohlthuend auf. „Großen
Undank nicht selten erfahrend", erwiderte er den Augsburgern, „ist Mir der Dank
von Augsburgs katholischen Bürgern um so erfreulicher, der Ich Katholiken und
Protestanten in ihren verfassungsmäßigen Rechten beschütze und für Beider Glück
mit gleicher landesväterlicher Liebe besorgt bin." Als aber fast das ganze Land
von der Adressenbewegung ergriffen zu werden schien, gab der König am 13. Februar
1846 folgende Erklärung kund: „Der von mehr als tausend Bürgern Augsburgs
unterzeichneten Zuschrift, Anhänglichkeit und Dankbarkeit ausdrückend, sind gleichen
Inhalts andere gefolgt, von den Städten und vom Lande, darunter von Meiner
Haupt- und Residenzstadt München, von der Kreishauptstadt Würzburg. Solche Gefühle zu finden, erfreut das Herz, vorzüglich in gegenwärtiger Zeit. Indem Ich dieses
äußere und wiederhole, daß Ich für die Wohlfahrt aller Meiner Unterthanen, ohne
Unterschied der Religion, angelegenst bedacht bin und gewissenhaft Katholiken sowohl
als Protestanten bei ihren verfassungsmäßigen kirchlichen Rechten schütze, finde ich
Mich durch höhere Erwägungen veranlaßt, mit Vertrauen den Wunsch auszusprechen, daß die vorstehende Erklärung aller Orten die Ueberzeugung hervorrufen
möge, wie es weiterer Zuschriften zur Darlegung ihrer Gesinnungen nicht bedürfe,
von denen Ich so viele unvergeßliche Beweise bereits erhalten habe."

Ein Jahr später hatte sich die Lage der Dinge völlig verändert. Das Gesammtministerium hatte um seine Entlassung gebeten und das Memorandum vom 11. Februar, welches die Gründe dafür entwickelte, befand sich in Aller Händen.

Der König, der für alles Schöne sich hochbegeistert fühlte, der für die Ideale der Kunst schwärmte und ein Perikleisches Zeitalter dem erstaunten 19. Jahrhundert vermählte, hatte auch für die Reize weiblicher Schönheit ein offenes Auge. „Kein Feuer" — sang er im Anblick der Sicilianerinnen —

> Kein Feuer, Gluth, was strömt aus euren Augen,
> Ein namenloses, sehnendes Verlangen,
> Um liebend Gegenliebe zu empfangen,
> Entzücket Seel' in Seele zu verhauchen.

Und auch der Römerinnen Augen („Der Himmel weilt in eurem Aug' verkläret; beseliget, dem Liebe es gewähret"!) widmete er ein Sonett. Allein der König wußte sich auch zu beherrschen. Wenn er in das Gebetbuch einer von ihm verehrten Dame schrieb:

> Glücklich, der sich konnte rein bewahren!
> Sinnenlust verweht ein flücht'ger Traum,
> Keiner hat Befriedigung erfahren
> Je durch sie, er irrt in leerem Raum . . . .

Oder in Sailers Homilien, die er einer andern Dame zum Geschenk machte:

> O! bleibe gut, laß' nie den Tag erscheinen,
> Wo Tugend vor Dir wich,
> Wo Menschen, wo die Engel alle weinen
> In Schmerz um Dich, um Dich!

so weiß man von Zeitgenossen, die sich des Glückes erfreuten in nächster Umgebung des Königs zu sein, daß hiemit seine innerste Ueberzeugung ausgedrückt wurde, nach der er auch handelte, wenn gleich der Schein manchmal gegen ihn zu sprechen drohte. „Auch die Heilige konnte der Verleumdung nicht entgehen" — schließt er kräftig in Walhalla's Genossen das Lebensbild der heiligen Elisabeth. Und in ein Stammbuch schrieb er:

> Lasse die Menschen verleumden, die immer es thaten,
> Gräme darüber Dich nicht, nie denn verringerts den Werth.
> Aber nicht Menschengerede, das eigne Bewußtsein entscheidet . . . .

In diesem Bewußtsein hatte der König auch die sog. Schönheitengalerie angelegt, welcher nicht nur Bildnisse von schönen Frauenköpfen aus der königlichen Familie und den Kreisen des Adels, sondern auch, trotz manchen Geredes, aus dem Bürger= stande einverleibt wurden. In diesem Bewußtsein besuchte der König seit Herbst 1846 auch eine durch ihre wechselvollen Lebensschicksale vielfach interessante, geistvolle, die Schranken der Weiblichkeit aber mißachtende Dame, Lola Montez, eine Frau von wahrhaft dämonischer Schönheit und das Herz erfüllt von dämonischem Hasse des

Chriſtenthums. Man hat behauptet, dieſes Weib ſei geſendet worden, um eine poli-
tiſche Rolle in Bayern zu ſpielen, und das Regiment, gegen welches machtlos Fürſt
Wrede ſeine Pfeile abgeſchoſſen hatte, auf anderem Wege zu ſtürzen. Der Beweis
dafür wird nie geliefert werden können. Aber daß es durch ſie geſtürzt worden, iſt
eine geſchichtliche Thatſache. Es war ein verhängnißvoller Bund von Mächten, welche
an der weitern Entwicklung der Dinge ſich betheiligten, die Einen auf dem Standpunkte des ſittlichen Ernſtes und der Begeiſterung für Kirche und Thron, die Andern
auf dem Standpunkte der Freigeiſterei und des Genuſſes, Alle aber, unbewußt oder
bewußt, getrieben oder treibend, mit dem Erfolg: den Glanz der Krone zu trüben
und die Geiſter reif zu machen für die kommenden Ereigniſſe.

Der König ſah lange nicht die Gefahr, in der er ſchwebte. Mit ſeinem ganzen
Weſen vertrug es ſich auch nicht, vor Hinderniſſen zurückzuſchrecken, ja er zeigte großen
perſönlichen Muth und einen wahrhaft ritterlichen Charakter, als ſelbſt das Leben
der fremden Dame gefährdet ſchien. Als aber die Dinge eine immer ernſtere Geſtalt
anzunehmen begannen, als endlich unterm 17. März 1848 der Gräfin Landsfeld das
bayeriſche Indigenat entzogen und in Anbetracht, „daß ſie ihre Verſuche nicht aufgibt,
die Ruhe der Hauptſtadt und des ganzen Landes zu ſtören", alle Gerichts- und Polizei-
behörden des Königreichs angewieſen wurden, auf ſie zu fahnden und ſie der rich-
terlichen Unterſuchung zu überweiſen, — da hatte die neue Culturperiode, welche ſchon
ſeit Decennien auch in Bayern mit der älteren im Kampfe lag, ringsum Siege
gefeiert und zog auch in Bayern ein. Der König brachte ihr nicht ſeine Ueberzeugung, aber die Krone zum Opfer. An die Bayern richtete er am 20. März folgende
Königliche Worte:

„Bayern! Eine neue Richtung hat begonnen, eine andere als die in der Ver-
faſſungsurkunde enthaltene, in welcher Ich nun im 23. Jahre geherrſcht. Ich lege
die Krone nieder zu Gunſten Meines geliebten Sohnes, des Kronprinzen Maximilian.
Treu der Verfaſſung regierte Ich; dem Wohle des Volkes war mein Leben geweiht;
als wenn Ich eines Freiſtaats Beamter geweſen, ſo gewiſſenhaft ging Ich mit dem
Staatsgute, mit den Staatsgeldern um. Ich kann Jedem offen in die Augen ſehen.
Und nun Meinen tief gefühlten Dank Allen, die Mir anhingen. Auch vom Throne
herabgeſtiegen, ſchlägt glühend Mein Herz für Bayern, für Teutſchland."

Der Entſchluß war reiflich gefaßt worden, und Bitten und Vorſtellungen waren
vergeblich ihn wankend zu machen. Die Künſtler Münchens brachten ihrem Mäcen
ihre Huldigung und den Ausdruck ihres Schmerzes in einer Adreſſe dar. Da bekam
jeder von ihnen ein Gedicht von König Ludwig zugeſandt, worin er ſeinen wärmſten
Dank und ſeine unvergänglichen Sympathien für die Kunſt ausſprach, beifügend:

Kein Opfer war's der Herrschaft zu entsagen.
Daß für die Kunst ich weniger vermag,
Das ist das Einzige, was schwer zu tragen;
Der Schatten ist es mir in meinem Tag.

Der Herrschaft Größe vor der Kunst verschwindet,
Für welche liebeglühend schlägt mein Herz.
Auch ich empfinde das was ihr empfindet,
Ich fühle mit des Künstlers Wonn' und Schmerz.

Die Reiche enden und die Throne stürzen,
Vertilgend ziehet über sie die Zeit;
Die Kunstgebilde nur das Leben würzen,
In ihnen währet die Vergangenheit.

IV.

(1848 – 1868.)

„Als wenn Ich eines Freistaats Beamter gewesen, so gewissenhaft ging Ich mit dem Staatsgute, mit den Staatsgeldern um." So konnte mit gutem Gewissen König Ludwig sagen. Und um selbst den Schein zu vermeiden, als habe er Staatsgelder zu dynastischen Zwecken verwendet — obwohl die Hülfe, die dem aus einer osmanischen Provinz in ein christliches Königreich umgewandelten Hellas geworden, gewiß noch aus einem höhern Gesichtspunkte gerechtfertigt werden konnte — entschloß sich der König, das dem griechischen Staate gemachte Anlehen vollständig zu decken. Er gab aus eigenem Vermögen, welches dadurch wohl um etwa die Hälfte geschmälert werden mochte, die volle Summe (1,333,333 fl. 20 kr.) dem bayerischen Staate zurück, und tilgte auch die Zinsen, welche sich bis dahin auf 297,000 Gulden beliefen, bei Heller und Pfennig. Es war die letzte Handlung, die ihn noch mit Verhältnissen aus seiner Regierung in Berührung brachte. Von nun an lebte er im strengsten Sinne des Wortes als Privatmann, und wenn er auch mit aufmerksamem Blicke den Zeitereignissen folgte und seine nähere Umgebung wohl manches treffende Wort über Fragen des Tages zu hören bekam, so vermied er doch absichtlich Alles, was irgendwie als eine Einmischung in Staatsangelegenheiten gedeutet werden konnte. Nur einmal, soweit bekannt geworden, konnte er es nicht über sich gewinnen zu schweigen. Das war damals, als (1861) bei Einweihung der neuen Brücke von Kehl über den Rhein ein mitteldeutscher Minister in Baden-Baden auf Napoleon III. als „Bezwinger der Revolution" einen Toast ausbrachte. Er konnte nicht umhin, dem betreffenden Souverän brieflich sein entschiedenes Mißfallen über das Auftreten jenes Ministers auszusprechen.

Der König lebte nur mehr seiner Familie, der Kunst, der Wohlthätigkeit, geistiger Beschäftigung und seinem innern Seelenleben. Er hatte während seiner Regierung gegen elf Millionen aus seiner Cabinetscassa für Bauten und Kunst verwendet (im Werth von 4½ Millionen dann dem Staats-, Haus- und Stadtgut einverleibt); für Almosen, Unterstützungen aller Art und milde Stiftungen flossen aus derselben Quelle mehr als sieben Millionen! Das war nur möglich bei großer Ordnung des Haushalts, an welche der König schon seit früher Jugend sich gewöhnt hatte und der er auch später treu blieb. Darum konnte er auch nach seiner Resignation die angefangenen Kunstunternehmungen fortführen, selbst neue beginnen, während das Unglück und die Armuth, patriotische und kirchliche Zwecke bis an sein Lebensende in ihm einen Tröster und uneigennützigen Förderer fanden, wobei er oft sein Bedauern aussprach, bei seinen jetzt beschränkten Mitteln nicht größere Gaben spenden zu können. Mit königlichem Sinne bemerkte er: „Ich bin kein Bankier", wenn man zuweilen eine Ausgabe zu verzögern oder ihr Bedenken entgegenstellen zu müssen glaubte. Aber er gab dennoch nur nach reiflicher Ueberlegung und wenn er überzeugt war, daß wirklich geholfen und ein wahrhaft guter Zweck erreicht werden könne.

Es ist hier nicht der Ort, die vielen Kirchen, Städte, Gemeinden und Stiftungen aufzuzählen, welche vom Könige in diesen letzten zwanzig Jahren Unterstützungen erhielten. Nicht bloß in Bayern, nicht nur in Deutschland, auch in Griechenland, Italien, England und Frankreich, in Afrika und über dem Ocean in Nordamerika werden fort und fort Dankgebete für König Ludwig I. von Bayern zum Himmel steigen und die spätesten Geschlechter sein Andenken segnen. Um nur an Einiges zu erinnern, sei der großartigen Gaben zum Ausbau der Dome in Speyer und Regensburg gedacht, der Gaben für eine Reihe von Kirchen in der Pfalz (in Ludwigshafen beschloß man, um das Andenken an die großmüthigen Gaben in monumentaler Weise zu ehren, mit dem königlichen Geschenk die zwölf granitenen Säulen im Innern der Kirche zu errichten), der Gründung und Förderung des Ludwigs-Missions-Vereins, dem der König 1863 noch ein Capital von 100,000 Gulden zuwendete, um von dessen Zinsen deutsche Missionen zu unterstützen; der Stiftung einer Armenversorgungsanstalt in Brückenau mit 8000 fl., einer zweiten Säuglingsbewahranstalt in München mit 20,000 fl., einer Reconvalescentenanstalt mit 20,000 fl., des Geschenkes von 20,000 Fr. für die Frauen zum Guten Hirten in Algier, mit der Bestimmung, daß die Zinsen dieses Capitals, welches in Bayern bleibt, im Falle des Eingehens jenes Ordens einer bayerischen Kirchenanstalt zugewendet werden sollen, u. v. a.

Wo es nationale Zwecke zu fördern galt, war der König immer einer der Ersten. Als der offene Brief des Königs von Dänemark allenthalben patriotische Adressen hervorrief, gab der König — damals noch regierend — denselben seinen vollen Beifall. „Die Gesinnungen, welche in ihr ausgedrückt", antwortete er auf die Adresse der Städte Dinkelsbühl und Wassertrübdingen, haben Mich innig gefreut, der Ich, so lange Ich lebe, teutschen Sinnes war. Sie ist ein sprechendes Zeugniß für der Unterzeichner treueste Anhänglichkeit an Unser großes Gesammtvaterland, in der zu jeder Zeit festzuhalten des Teutschen heilige Pflicht ist." Mehrere Landräthe sprachen dem König ihren Dank aus, daß er „als der erste unter Deutschlands Regenten mit kräftigen Worten und zu rechter Zeit" sich in der schleswig-holsteinischen Angelegenheit ausgesprochen. Und einer der namhaftesten Dichter Deutschlands sang damals . . . .

> Ist Deutschlands Schmerz ein kleiner,
> Und bleibt er ungehört?
> Ist auf den Thronen keiner
> Der Fürsten, auch nicht Einer,
> Den unsre Schmach empört? —
>
> Da scholl's zu uns vom Strande
> Des grünen Donauwört:
> „Zerreißt des Trübsinns Bande,
> Ein König deutscher Lande
> Hat euren Ruf gehört!"
>
> „Es hat uns nicht betrogen
> Das Wittelsbacher Blut;
> Er hat nicht scheu erwogen,
> Er ist vorangezogen
> Mit ritterlichem Muth!"
>
> „Er hat nicht kalt geschwiegen,
> Als es zu reden galt;
> Er wollte sich nicht schmiegen,
> Er ließ das Recht nicht biegen,
> Durch List nicht, noch Gewalt!
>
> So klang's durch Berg und Auen
> Wie Siegesjauchzen fort;
> Da flog ein frisch Vertrauen
> Durch alle deutschen Gauen:
> „Das war ein Königswort!" . . . . .

Vom Throne gestiegen, gab der König seine Sympathien für die Nordmarken Deutschlands durch königliche Gaben kund. So ließ er 1850 die Summe von 36,000 Gulden an den Obristen v. d. Tann absenden zur beliebigen Verwendung für die Herzogthümer, und zugleich befahl er dem Comité von Gesangsvereinen, welche im Prater zu München eine Production für Schleswig-Holstein gaben, die Summe von 1000 Gulden einzuhändigen. In den folgenden Jahren gab er wiederholt und meist aus ganz freiem Antriebe bedeutende Summen für hülfsbedürftige schleswig-holsteinische Officiere: „sie, die für die teutsche Sache ruhmvoll gekämpft"; für die vertriebenen, nothleidenden schleswig-holsteinischen Geistlichen: „für diese Märtyrer teutscher Gesinnung"; an den Frauenverein in Altona, seine Freude darüber aussprechend, „daß es noch teutsche Frauen gibt, die mit ächt teutscher Gesinnung ihren leidenden Brüdern zu helfen suchen"; dann auf Anregung von Seite eines Professors in Hannover (R. Wagner), dem der König einst die Mittel gewährt, sich für einen Lehrstuhl auszubilden, für die Professoren in Kiel. Der König sprach (mit umgehender Post) in einem eigenhändigen Brief seine Freude aus, daß man sich der ins

Unglück gestürzten Kieler Professoren angenommen, und dankte dafür, daß man ihm als einem ehemaligen Göttinger Studenten davon Mittheilung gemacht. Beigelegt war eine Anweisung auf 500 Gulden, „freilich nur ein Tropfen", wie der königliche Geber sich ausdrückte, „aber ich bin jetzt mit Ausgaben überhäuft."

Nationale Verdienste zu ehren, ließ der König eine Reihe von Standbildern und Grabmälern errichten, oder spendete wenigstens ansehnliche Beiträge. So J. J. Fuggers in Augsburg, Jfflands in Mannheim, Wrede's in Heidelberg, Jean Pauls in Bayreuth, Julius Echters von Mespelbrunn, Ludwigs des Reichen, Erthals, A. Dürers, Claude Lorrains, Winkelmanns, Schillers, Körners, Chr. Schmids, Palms, Schwanthalers, Gärtners, Klenzes u. m. a. Zur Restauration von Platens Denkmal in Syrakus gab er ansehnliche Beiträge. Johannes v. Müller's Grabstätte in Kassel hatte er schon als Kronprinz angekauft. Jetzt ließ er nach Klenze's Zeichnung dem berühmten Historiker ein Monument errichten, das am 29. Mai (Müllers Sterbetag) 1852 enthüllt wurde. Daß er auch seinem unvergeßlichen Lehrer Sambuga ein Mausoleum (nach Riedels Zeichnung) noch in den letzten Monaten seines Lebens zu erbauen befahl, ist schon erwähnt. Aber selbst seiner Aja hatte der König nicht vergessen. Schon 1838 ließ er der Hofräthin Louise Weyland zu Mannheim ein Denkmal in Granit errichten, darauf folgendes Distichon:

Weyland, wirst mir nie weiland; Gegenwart bleibst Du mir immer.
So die Liebe zu Dir, so auch die Trauer um Dich.

In wie großmüthiger Weise der König das Germanische Museum bedacht, ist noch in frischem Andenken. Nachdem er schon 1857 demselben 5000 Gulden übermacht, zugleich seine Freude darüber aussprechend, daß die Karthause in Nürnberg, deren Erhaltung er einst einem Antrage des Kriegsministers entgegen befohlen, nun eine so würdige Verwendung gefunden habe, ließ er 1864 die Summe vor 50,000 Gulden zum Ankauf der Frhr. v. Anßeß'schen Sammlungen anweisen. Daneben fand der König die Mittel fort und fort seine Kunstsammlungen zu vermehren (u. a. mit einem Bilde Raphaels) und neue (wie Fogelberg's Terracottensammlung, die Sammlung assyrischer Alterthümer ꝛc.) zu erwerben, die Nischen der Glyptothek mit den Marmorstandbildern der Bildhauer alter und neuer Zeit zu versehen, angefangene Bauten zu vollenden und neue zu befehlen.

Am 12. October 1846 hatte der König den Grundstein zur Neuen Pinakothek gelegt, und er sprach dabei die denkwürdigen Worte: „Für Gemälde aus diesem und aus künftigen Jahrhunderten ist die neue Pinakothek bestimmt. Erloschen war die höhere Malerkunst, da entstand sie wieder, im 19. Jahrhundert, durch Deutsche; ein Phönix entschwang sie sich ihrer Asche, und nicht allein die malende, jede bildende Kunst entstand aufs neue herrlich. Als Luxus darf die Kunst nicht betrachtet werden; in allem drücke sie sich aus, sie gehe über ins Leben, nur dann ist was sein soll. Freude und Stolz sind mir meine großen Künstler. Des Staats manns Werke werden längst vergangen sein, wenn die des ausgezeichneten Künstlers noch erhebend erfreuen." Sieben Jahre später (25. Oct. 1853) wurde dieser Prachtbau eröffnet und dem Schöpfer vor dem Wittelsbacher Palast, in welchem der König seit seiner Thronentsagung wohnte, von den Künstlern ein großartiger Fackelzug dargebracht, bei dessen Abziehen die letzte Strophe des Walhallaliedes wohl vielfach in leichter Paraphrase erklang:

> Daß Er erst in spätsten Jahren
> Selber in Walhalla throne!

Doch gehen wir wieder um einige Jahre zurück. Der König verlebte den Herbst der nächsten Jahre nach seiner Thronentsagung in seiner Villa zu Berchtesgaden. Im Jahre 1850 reihte sich Fest an Fest, um dem Kunstmäcen Huldigungen darzubringen. Da kamen zuerst die Bürger aus Köln, um dem König, der die südliche Nebenhalle des Langhauses des Kölner Domes mit vier prachtvollen Glasgemälden hatte schmücken lassen, eine kunstvoll gearbeitete, mit herrlichen Miniaturen versehene und mit Hunderten von Unterschriften bedeckte Dankadresse zu überreichen. In Aschaffenburg wurde im August ein herzliches Familienfest, dem auch König Otto beiwohnte, gefeiert und dem Könige ein Fackelzug dargebracht. Der October brachte das Fest der feierlichen Enthüllung der Bavaria und der Eröffnung des Siegesthores. Ersteres Fest (9. Oct.) gestaltete sich durch die Theilnahme der Künstler und aller Innungen und Gewerke zu einer großartigen und in ihrer Art einzigen Feier. Als die Hülle fiel, erscholl ein Ruf des Erstaunens und der Bewunderung aus dem Munde von wohl 30 Tausenden, und alle stimmten begeistert ein in das von Kanonenschüssen begleitete „Hoch", welches die das Monument umstehenden Künstler auf König Ludwig ausbrachten, der gegenüber im Kreise seiner Familie sich auf einer besonderen Tribüne befand. Bei Eröffnung des Siegesthores (15. Oct.) war es König Max selbst, der, nachdem die Schenkungsurkunde durch den Obersthofmeister des Königs Ludwig übergeben worden, auf seinen erlauchten Vater ein dreimaliges Hoch ausbrachte, in das die sämmtlichen Anwesenden freudig einstimmten.

Die Künstler erachteten es an der Zeit, ihrem Mäcen ein Zeichen ihrer Dankbarkeit zu geben und so entstand der Gedanke zu dem Künstler-Album, wozu von den Handwerkern ein eigener kunstreicher Schreibschrank verfertigt wurde. Am 10. November ward beides dem Könige übergeben. Das Album zählte gegen 200 Blätter von Künstlern ganz Deutschlands und der kunstvolle, mit Medaillons und Wappen verzierte Einband trägt unter dem mittleren Medaillon, welches den König von Künstlern umgeben darstellt, als Unterschrift dessen eigene Worte: „Ich leb' in eurem Wirken."

Endlich am 25. November wurde die herrliche Basilica, in welcher der König einst zur ewigen Ruhe bestattet werden wollte, dem Gottesdienste übergeben. Laut der Stiftungsurkunde hatte der König zum Bau der Kirche und der Abtei, zum Anlauf des Gutes Andechs und zur gesammten inneren Einrichtung über 1,260,000 fl. verwendet und außerdem noch als eigentliches Stiftungs=Capital 50,000 fl. gegeben. Hier ruhet er nun seit wenigen Tagen in einem gewaltigen Sarkophag, den er schon vor Jahren nach dem Vorbild der einfachen Sarkophage der Normannenkönige in Monreale bei Palermo sich bereiten ließ, und die Inschrift wird lauten: König Ludwig I. von Bayern. Die Söhne des heil. Benedict werden aber fort und fort für ihren Wiederhersteller und königlichen Wohlthäter Gebete zum Himmel senden und bei dem Grabe werden nicht bloß die Tausende knieen, welche ihm während des Lebens zu Dank verpflichtet wurden, sondern die Millionen künftiger Geschlechter, welche in diesen hehren Tempel eintreten und von seiner Schönheit ergriffen und zur Andacht gestimmt, betend lispeln: Er ruhe in Frieden!

An Salzburg knüpften sich für den König die schönsten Jugenderinnerungen.

> Sanft vor meiner Seele breiten
> Mir sich die gewes'nen Zeiten,
> Lebe der Vergangenheit;
> Liebend ist sie aufgeschlossen,
> Fühle, was ich einst genossen
> Hier in stiller Einsamkeit.

schrieb er schon 1817 in Aigens Fremdenbuch. Jetzt, nachdem er die Last des Purpurs getragen, er, der im Anblicke der Tempelruinen zu Pästum elegisch sang:

> Lieber, denn Erbe des Throns, wär' ich ein Hellenischer Bürger...

mochte er nur um so lieber die stille Einsamkeit in den Bergen suchen. Der König kaufte sich 1851 das Lustschloß Leopoldskron in dem herrlichen Salzachthal, das der Staufen, der Untersberg, der Göhl, das Tennongebirge, der Gaisberg und das malerische Castell umringen, und verbrachte daselbst gewöhnlich die schönen Herbst= tage, häufig besucht von seinen theuern Verwandten in Oesterreich und den eigenen Kindern. Die Frühlingsmonate dieses Jahres verlebte er in Rom. Hier erfuhr er von dem schrecklichen Unglück, mit welchem die Stadt Traunstein heimgesucht worden, und sofort ertheilte er Weisung, 3000 fl. als einen „kleinen Beitrag" der unglücklichen Stadt zu senden. „Auf dem Throne, wie von demselben herabgestiegen" — hieß es in dem Schreiben — „nah und fern, ist in Meinem Herzen eingegraben, welche unerschütterliche Anhänglichkeit die Traunsteiner an ihr Königshaus immer hatten, und nie werde Ich vergessen, wie der Bürgermeister mit der Abordnung dieser treuen Stadt, an deren Spitze er kam, sich gegen Mich ausdrückte...." Der König blieb bis 10. Juni in Rom und ließ am Vorabend seiner Abreise das Colosseum durch bengalisches Feuer erleuchten, wozu er namentlich die Deutschen hatte ein= laden lassen. Nach München zurückgekehrt, erschien er mit der königlichen Gemahlin am 30. Juni zur freudigen Ueberraschung aller Anwesenden auf der Menterschwaige, wo eben die Münchener Liedertafel ihr Gründungsfest feierte. Die Sommermonate brachte der König in Berchtesgaden zu und ein paar Tage vor seinem Doppelfest bezog er zum erstenmale Leopoldskron.

Im Sommer des nächsten Jahres (1852) verweilte der König mit seiner königlichen Gemahlin längere Zeit in der Pfalz, wo er sich auf der Ludwigshöhe bei Edenkoben nach Gärtners Plan eine reizende Villa in dem einfach großartigen italienischen Hausbaustil hatte erbauen lassen. Hier an den östlichen Fenstern stehend, erblickte der Pfalzgraf den Kaiserdom zu Speyer, der mit seinen Riesenthürmen weithin die lachende Rheinebene beherrscht, während Dampfwolken zur Linken die Richtung der Ludwigsbahn bezeichnen. Hinter Ludwigshöhe aber erhebt sich die hoch und steil gelegene Burgruine Rietburg, welche der König meist schon in früher Morgenstunde bestieg. Die Huldigungen, welche dem Pfalzgrafen von allen Seiten dargebracht wurden, waren kunstlos und aufrichtig. Der 25. August jedoch, zu dessen Feier auch Prinz Luitpold mit Gemahlin, Großherzogin Mathilde mit Gemahl und Erzherzogin Hildegarde gekommen waren, wurde mit Serenade und Feuerwerk vor Ludwigshöhe und einem Festball zu Edenkoben gefeiert. Als die königlichen Majestäten und ihre hohen Familienglieder auf der Schloßterrasse erschienen, rauschte der Hochruf von wenigstens 5000 Menschen donnernd hinaus in die stille Nacht und hallte jubelnd zurück von den nahen Bergen. Indem die königliche Familie nach dem Gottesdienste das Haus besuchte, worin die erste Erzieherin aller königlichen Kinder (Frl. v. Täufenbach) geboren wurde, übte sie einen Act der Pietät. Die Pfälzer Zeitung aber feierte das Geburts- und Namensfest des Pfalzgrafen, indem sie nach den Denkwürdigkeiten Sir Humphry Davy's, welcher vor vielen Jahren die glorreichen Ruinen in Pästum besucht hatte und von der Basilica nach dem Tempel der Ceres gewallfahrtet war, folgendes erzählte:

„Als Humphry Davy in die westliche Halle des Neptuntempels trat, welche die Aussicht nach dem Meere gewährte, hatte sich hier bereits ein anderer Fremder unter den Säulen niedergelassen. Er war jünger als der Engländer und schien die Annäherung desselben zu wünschen, wenn auch nicht gerade zu suchen. Die beiden Männer waren von denselben Beobachtungen angeregt, und so war das Gespräch nach zwei Minuten schon im Gang. Es waren kaum wenige Gedanken ausgetauscht, so fühlte der Britte die Hoheit des Geistes, welchem er gegenüber stand. Es war von Griechenland und Rom, vom Orient und Occident, von alter und von neuer Kunst, von dem, was die Reiche baut und was sie zerstört, die Rede, und überall zeigte sich der Fremde mit den Gesetzen der Natur und des Geistes, mit den Bedingungen aller Entwicklung, mit den Zielen des Menschen- und Völkerlebens so vertraut, daß Sir Humphry Davy sich unwiderstehlich festgehalten fühlte. Einmal als sich derselbe auf irgendeinen Ausspruch von Johannes v. Müller bezogen hatte, gab die Erwiderung zu erkennen, daß der Fremde mit diesem großen schweizerischen Geschichtschreiber ganz nahe verbunden sei. So kam es, daß der englische Naturforscher, als ihm endlich der Unbekannte zum Abschied die Hand bot, ihn mit innigem Leidwesen gehen sah. Eine eigene gemessene Würde, die derselbe behauptete, hatte es nicht einmal zur Frage nach seinem Namen kommen lassen. Die Erkundigung aber ergab nur, daß der Fremde mit seinem kleinen Gefolge den Weg nach Salerno einge- schlagen habe. Der anregenden Unterhaltung konnte Humphry Davy nie vergessen; sie hatte so tief in ihm Wurzel gefaßt, daß er sie gleich nachher so genau als möglich seinen Erinnerungsblättern einverleibte. Mehrere Jahre nachher finden wir unsern brittischen Naturforscher diesseits der Alpen wieder. Er verweilte hier am Traunsee im Salzburgischen. Mit physikalischen Beobachtungen beschäftigt, ließ er sich hier eines Tages einfallen, den Traunfluß bis in die Nähe seines Falles hinabzufahren; es wäre schwer zu sagen, wie es zuging, allein es ereignete sich das Entsetzlichste. Der Kahn gerieth in die Strömung und diese riß ihn mit in den Abgrund. Humphry Davy versank in die Tiefe. Als er wieder zum Bewußtsein kam, fand er sich in der besten Pflege, in einer einfach, allein höchst geschmackvoll und bequem eingerichteten, in der frischen Gebirgswelt überaus schön gelegenen Wohnung. Der Herr derselben stand freundlich sorgend an seinem Bette. Ein Blick auf ihn überzeugte den Engländer: es war der Fremdling von Pästum. Er hatte unterhalb des Falles Fische geangelt, das Unglück bemerkt und alles Mögliche persönlich zur Rettung aufgeboten. Es läßt sich denken, daß sich beide Männer des Wiedersehens freuten. Und nun erfuhr auch der Britte den Namen seines Retters. Es war der Kronprinz Ludwig von Bayern."

Daß von Ludwigshöhe aus Speyer, wo die Restauration und Ausschmückung des Domes große Fortschritte machte, und das aufblühende Ludwigshafen besucht wurden, versteht sich von selbst. Der Familienkreis erweiterte sich durch die Ankunft König Otto's und der Erzherzogin Adelgunde. Auch Erzbischof v. Geissel erschien und mit ihm eine Deputation aus Köln, um den König zum Besuche des alten Kölns ein- zuladen, wo er sich ja ebenfalls unsterblich gemacht hatte. Der König machte jedoch keine bestimmte Zusage. „Ich komme wie eine Bombe", soll er gesagt haben.

Das Jahr 1853 sah die Vollendung der Ruhmeshalle, dieses großartigen mo- numentalen Baues, und die Eröffnung der Neuen Pinakothek. Im Sommer hatte der König die Büste des Erzherzogs Karl am 22. Mai (Jahrestag der Schlacht von Aspern) selbst aufgestellt. In Göttingen aber gedachte man bei Beginn des Winter- semesters, daß jetzt gerade fünfzig Jahre verflossen seien, seit sich König Ludwig als Graf von Werdenfels in das Matrikelbuch eingezeichnet (31. Oct. 1803). Die Uni- versität beschloß ihrem gekrönten Zöglinge, der vor hundert Semestern seine Studien hier begonnen und seitdem als ein wahrer Hochmeister der freien Künste diesen einen Impuls und eine Entwicklung gegeben, wie sie seit den Perikleischen und Mediceischen Zeitaltern nicht mehr stattgefunden, das Ehrendiplom eines Doctors der Philosophie und Magisters der freien Künste zuzusenden. „Quo nemo unquam — wie es im Lapidar- stil des ausgefertigten Documentes heißt — regii nominis majestatem majore in literas artesque liberalitate illustravit, cumque ingenio doctrina judicio vel inter privatos excelleret, affluentissimi regni instrumenta non ad suam tantum gloriam sed ad communis patriae splendorem monumentorumque perennitatem contulit, neque inter gravissimorum negotiorum strepitus musarum sacerdotio ipse fungi detractavit, omnis denique antiquitatis amantissimus pariter atque intelligentissimus, aeterna elegantiae exemplaria suis sumptibus comparata et collecta posteris et admiranda et imitanda proposuit: propter immortalia haec beneficia, quibus fidelem adolescentiae disciplinam largissima mercede remuneratus est, hoc ipso anno quinquagesimo postquam G. F. de Martens prorectore almae Georgiae Augustae album augustissimi nominis inscriptione honestavit etc." Der König dankte in einem ganz eigenhändigen Schreiben dem Prorector, dem Senat und der philosophischen Facultät für diese Huldigung und erwähnte dabei, wie er noch jetzt die Mappe aufbewahre, mit welcher er die Collegien besucht, und darin die letzte Feder, die er beim Nachschreiben der Vorlesungen gebraucht habe. Die Säcularfeier nicht mitgemacht zu haben, beklagte er schmerzlich. Der Landtag habe ihn damals gehindert. Er würde übrigens nicht als König gekommen sein, sondern einfach als Student sich dem Festzug angeschlossen haben. Damals würde er noch einzelne seiner Lehrer haben begrüßen können, jetzt lebe keiner mehr. Der Brief war von einer Pietät gegen die Georgia Augusta erfüllt, welche den freudigsten Eindruck hervorrief.

Es war schon lange im Plane des Königs gelegen, den Platz, auf welchem Glyptothek und Industrieausstellungsgebäude, jene im jonischen, dieses im korinthischen Stile, stehen, durch ein Bauwerk im dorischen Stile abzuschließen. Der Gedanke trat ins Leben, indem der König geräuschlos am 6. April 1854 den Grundstein zu den Propyläen legte, welche durch Inschriften und Sculpturwerke an die Befreiung Griechenlands erinnern sollten. Im Sommer lebten die Majestäten in der Pfalz. Auch Aschaffenburg wurde besucht, wo seit 1852 das pompejanische Haus vollendet stand, welchem ein herrliches Mosaikbild, Geschenk des Papstes Gregor XVI. an König Ludwig, eingefügt worden. Ende Juni folgte aber der König der Einladung nach Köln. Eine dreifache Deputation, der Vorstand des Central-Dombauvereins, Abgeordnete des Domcapitels und sämmtliche Mitglieder des Gemeinderaths fuhren dem königlichen Gaste bis nach Remagen entgegen. Mit dem Dampfer „Goethe" war der König von Mannheim bis Remagen gekommen. Jetzt nahm ihn der Dampfer „Schiller" an Bord, während Böllerschüsse von hüben und drüben das Hurrah der Bevölkerung und die Begrüßungsreden übertönten. Der König gewann sich durch seine überaus huldvolle Freundlichkeit sofort alle Herzen und äußerte seine große Freude, nach vierzig Jahren den Dom wieder zu sehen. Als der Dampfer das Weichbild von Köln erreicht, begannen die Glocken aller Kirchen in hunderttönigem Chor ihren feierlichen Gruß durch die Nacht zu rufen, die nur durch magisches

Brillantfeuer längs der Rheinseite erhellt war. Der Dampfer hielt vor dem Trankgassenthor, und zugleich dem Dom gegenüber, der wie ein dunkler Koloß über die Lichtsphären hoch hinausragte. Da ergoß sich plötzlich von den Zinnen des hohen Baues bis tief hinab eine purpurne Lichtfluth, und ergriffen von dieser unbeschreiblichen Pracht brach König Ludwig in die Worte aus: „Einzig, einzig! Ich weiß nicht mehr wo ich bin, es ist ein Zauber aus Tausend und Einer Nacht; wenn meine Frau das doch mit ansehen könnte!"

Am andern Tag (27. Juni) besichtigte der König den Dom, zuerst unten, dann oben auf den Galerien und Baugerüsten, und besuchte auch die Baustätten. Dann fuhr er durch die im Flaggen = und Guirlandenschmuck prangende Stadt, um den merkwürdigsten Kirchen Besuche zu widmen. Mittags war Festmahl bei dem Cardinal = Erzbischof, Abends Concert der Männergesangvereine im großen Casinosaal und nach demselben Serenade mit Fackelzug, wie in langen Jahren Köln keinen so glänzenden gesehen hatte. Der König blieb fast beständig auf dem Balcon und rief wiederholt hinab: „Meinen Dank! meinen Dank!" Und als er sich des folgenden Tags vom Dom und der gastlichen Stadt verabschiedete, schrieb er in das ihm vorgelegte Dom = Album das geistvolle Wort: „Einzig wie dieser Dom ist Kölns Dankbarkeit."

Nach diesen glänzenden Festen sollte der König von einem der schwersten Schicksalsschläge betroffen werden. Während er noch in Aschaffenburg weilte, war die Cholera in München ausgebrochen und forderte bis Ende September ihre Opfer. Endlich konnte sie als Epidemie für erloschen erklärt werden, wenn gleich noch einzelne Fälle von Cholerine vorkamen. König Ludwig und Königin Therese kehrten am 7. October nach München zurück und verweilten, nachdem der König allein bereits täglich die Industrieausstellung besucht hatte, am 14. October über zwei Stunden im Glaspalast. Wenige Tage später fühlte sich die Königin unwohl; am 25. erklärte das ärztliche Bülletin die Krankheit für eine Cholerine und am 26. Oct. hatte die hohe Frau, während unheimlicher Sturm an den Fenstern des Palastes raste und der tiefste Schmerz sowohl um die Königin als um das sichtliche Leiden des seit 9 Uhr Abends ununterbrochen am Bett seiner geliebten Gemahlin weilenden Königs krampfhaft auf allen Anwesenden lastete, Morgens nach 4 Uhr ihre edle Seele ausgehaucht. Selbst die nie gebeugte Geistesfrische des Königs, der bei allen Wechselfällen des Lebens die Stirne ungetrübt erhaben hielt, vermochte nicht anzukämpfen gegen das bewältigende Weh dieser Scheidestunde. Auch seine geliebte Tochter, Großherzogin Mathilde, war herbeigeeilt, um den königlichen Vater zu trösten, und er folgte gerne ihrer Einladung, sich zur Erholung mit ihr nach Darmstadt zu begeben. Sein menschenfreundliches Herz gedachte aber zuerst der Armen, und so wurde auch bekannt, daß er den Mitgliedern der beiden Vorstadttheater, welche schon während der Cholerazeit großen Schaden erlitten, eine bedeutende Summe als Unterstützung verabfolgen ließ, um sie wegen der abermaligen Schließung ihrer Bühnen zu entschädigen.

Im Kreise seiner Lieben zu Darmstadt schien sich der König allmählig von dem tiefen Schmerze, den sein Herz erlitten, zu erholen, und am 14. November erließ er von dort folgende Dankesworte: „Meinen warmen Dank drücke ich hiemit allen denjenigen aus, die Mir Ihre Theilnahme an dem unersetzlichen Verlust, den Ich durch den Tod Meiner innigst geliebten Gemahlin, der Königin Therese, erlitten, zu erkennen gegeben haben — an dem größten Schmerz, welchen Mein Herz hat fühlen können."

Allein der Schmerz war zu tief! Vier Wochen später (14. Dec.) wurde der König von einer so starken Ohnmacht befallen, daß er erst nach 1½ Stunden wieder zum vollen Bewußtsein kam, und diese Ohnmachten wiederholten sich am 21. und 31. December, so daß man das Schlimmste befürchtete und der König noch an demselben Tage die heil. Sterbsacramente empfing. Viele hohe Verwandte und die Kinder des Königs waren an das Lager des geliebten Vaters geeilt, während im ganzen Lande und über dessen Grenzen heiße Gebete zum Himmel stiegen, um die Erhaltung des theuern Lebens zu erflehen. In allen Kirchen wurden öffentliche Gebete und bei St. Ludwig in München eine besondere Novene abgehalten. Und die Gebete von Tausenden und Millionen blieben nicht unerhört. Der König hatte sich schon in den ersten Tagen des Januars 1855 wieder so erholt, daß ihm Großherzogin Mathilde über die große Besorgniß und innige Theilnahme Mittheilung machen konnte, welche die Bewohner Münchens erfüllte. Der König war tief ergriffen und ertheilte mit Thränen in den Augen den Auftrag, den geliebten Münchenern herzlich zu danken. „Diese Theilnahme thut mir wahrhaft wohl", setzte der König bei. Am 9. Januar konnten beruhigt auch König Max und Königin Marie in ihre Residenz zurückkehren. In allen Kirchen fanden nun Dankgottesdienste statt, besonders feierlich im Kaiserdom zu Speyer, und die Mitglieder der Kammern versammelten sich am 17. zu einem Festdiner, während dessen, unter endlosem Jubel der Anwesenden, folgendes, von der heitern Stimmung des Königs zeugende Telegramm verlesen wurde: „Darmstadt, 17. Febr. An das Diner bei Havard. 6 Uhr 26 Minuten Abends. Se. Majestät der König Ludwig fühlen jetzt schon die wohlthätige Wirkung der auf ihn ausgebrachten Gesundheit, und danken der versammelten Gesellschaft herzlich dafür."

Bald fanden sich Deputationen aus der Pfalz und aus München ein, um dem König ihre Glückwünsche zu seiner Genesung darzubringen. In Hamburg bereiteten die Künstler ein Album vor, welches dem König überreicht werden sollte. Die Kölner aber machten sich auf den Weg, um eine mit mehr als tausend Namen bedeckte Adresse zu überbringen, ein kalligraphisches Meisterwerk in gothischer Schrift mit farbigen Initialen auf großem Pergamentblatt und mit einer Randzeichnung, die in arabeskenartiger Verschlingung die Wappen der vornehmsten Handwerker = und Ritterzünfte des mittelalterlichen Kölns darstellt. Ehe der König Darmstadt verließ, wurde ihm noch ein glänzender und künstlerisch geordneter Fackelzug dargebracht. Auch das Walhallalied ward dabei gesungen und der König war darüber so erfreut, daß er die Sänger einlud im innern Schloßhof, wo sich seine Gemächer befanden, das Lied zu wiederholen, was auch geschah. Am 24. März erfolgte die Abreise von Darmstadt, am 25. Morgens besuchte der König in Nürnberg, rüstig wie ehedem, die Burg und mehrere Kirchen, und am Abend traf er wieder in München ein. Er hatte sich jeden feierlichen Empfang verbeten, aber vom Bahnhof bis zum Wittels= bacher Palast harrte eine kaum übersehbare Menschenmenge in freudigster Stimmung und begrüßte ihn mit endlosem Jubel. Der Magistrat ließ zur Feier der Wieder= kehr des Königs in den Armenanstalten Geld vertheilen und die Gesellschaft Bürger= verein speiste 120 Arme. Eine besondere städtische Deputation begrüßte den König am folgenden Tage, und außer der Kölner Deputation, welche vom König zur Tafel gezogen wurde, fand sich auch eine von Seite der Münchener Künstlergesellschaft ein, um eine Adresse zu überreichen. Sie zeigte eine Aquarellzeichnung von Genelli, eine allegorische Darstellung der Begrüßung des wiedergenesenen Fürsten durch die bayerischen Künstler. In der Mitte sitzt Bavaria, neben ihr steht Hygiea, auf den an der Hand seines Schutzengels herzutretenden König deutend, dem sie Leben und Gesundheit wiedergegeben; hinter Bavaria stehen die Schwesterkünste Architektur, Sculptur und Malerei, und bewillkommnen ihren hohen Freund und Beschützer. Gleichsam als geschnitzter Rahmen umgeben diese Zeichnung Bilder der Volksfreude über des Königs Genesung, während im Anfangsbuchstaben der Adresse ein jubelnder, musi= cirender und Te Deum laudamus singender Engelschor sichtbar ist. Der König war über all diese Beweise herzlichster Theilnahme so gerührt, daß er schon am nächsten Tage folgende Dankesworte zur Veröffentlichung niederschrieb:

„Nur danken und danken kann Ich für die Beweise der wärmsten Liebe, die Mir in München, die Mir in ganz Bayern bei Meiner Genesung in einem Grabe geworden sind, wie Ich es nicht erwarten konnte, sowie für die, Mich über= raschende, innige Theilnahme in anderen Theilen Teutschlands. Gerne war Ich innerhalb eines halben Monats dreimal an den Pforten des Todes, da es Mich dieses fühlen ließ. Aus der Tiefe Meines Herzens Allen Meinen Dank."

Zu seiner völligen Erholung begab sich der König mit Prinz Adalbert im April nach Rom, von dem er in den Distichen singt:

Ziehest mich heimathlich an, fesselst mich ewig an dich.

Bis Ponte Molle war ihm eine Deputation von Künstlern, Overbeck an der Spitze, zur Bewillkommnung entgegengeeilt; eine andere, unter Vortritt des Meisters Cor= nelius, beglückwünschte ihn in den Giardini di Malta, wo der König seine einfache Billetta bezog. Sein erster Besuch galt dem Papste, der auch aus der Ferne zarten

4

Antheil genommen hatte an dem, was dem König in Darmstadt zugestoßen war. Dann aber wurden Tag für Tag die Werkstätten deutscher und der bedeutenderen fremden Künstler (namentlich Crawfords) besucht, um deren Gesammtthätigkeit nach den verschiedensten Richtungen überblicken zu können. Die Künstler wollten den dießmaligen königlichen Besuch durch ein besonderes Erinnerungsfest feiern, und der König nahm die Einladung an. Da saß am 20. Mai der fürstliche Mäcen in dem großen Saal des Gartenpalastes der Villa Albani, wo die von Winckelmann bewunderten Deckengemälde des R. Mengs, mit etwa sechzig Künstlern an der Festtafel. Cornelius aber erhob sich und brachte einen Trinkspruch aus, der als ewig junger Lorbeer auf das unsterbliche Haupt des Königs Ludwig I. hier vollständig zu geben ist.

„Es ist ein halbes Jahrhundert", so sprach der Altmeister Cornelius, „daß der erhabene Gast, den wir heute das Glück haben in unserer Mitte zu sehen; um ihm unsere Huldigung darbringen zu dürfen — es ist ein halbes Jahrhundert, daß er, ein königlicher Jüngling, die ewige Stadt betrat, angethan mit den herrlichsten Gaben der Natur, mit einem schöpferischen Geist, ein geborner Herrscher! Die mächtigen Eindrücke, die Italien, die Rom auf ihn machte, weit entfernt sich in schwelgerischen, geistigen Ueberschwänglichkeiten und Genüssen zu verlieren, erzeugten unerschütterliche Entschlüsse, und diesen folgte rasch die That. Der hohe Gast erkannte, welche unermeßliche Bedeutung die Kunst auf die Culturentwicklung der Völker habe. Sie soll nicht bloß ein Confect für die Tafeln der Großen und Reichen, sie soll eine kraftvolle Speise für alle sein; eine zweite Natur gleichsam, soll sie, wie die Sonne, ihren Glanz über Große und Kleine, über Reiche und Arme verbreiten. Die Poesie hatte durch Goethe und Schiller ihren höchsten Glanzpunkt erreicht, für Wissenschaften war in allen Theilen des Vaterlandes reichlich gesorgt, und die Resultate unermeßlich. Also keine Ilias post Homerum. Sein schöpferischer Geist wandte sich entschieden der Kunst zu, und ein neuer Morgen brach für sie am vaterländischen Himmel an. Gerade in den Tagen der größten Noth und der tiefsten Erniedrigung des Vaterlandes wurde der königliche Entschluß gefaßt, die Walhalla zu erbauen: dort sollten die Steine sprechen, wenn alles schwieg, sie sollten dem deutschen Volke zurufen, daß es sich ermanne. Während nun dazu die großartigsten Vorbereitungen getroffen wurden, wuchs die Glyptothek schon aus dem Boden; ihr reicher, wunderbarer Inhalt wurde in Italien erstanden. Dieses alles that noch der Kronprinz. Weise Sparsamkeit und königliche Freigebigkeit gingen Hand in Hand, um diese Wunder bewirken zu können. Als aber König Ludwig den Thron seiner Väter bestieg, da, meine Herren, da ging's erst los! Hei, wie wurde da gemeißelt, gebaut, gezeichnet und gemalt! Mit welcher Lust, mit welcher Heiterkeit ging da jeder ans Werk! Aber es war eine ernste Heiterkeit, es war nicht so, wie Hr. Wilhelm Kaulbach es darzustellen beliebte, auch war München damals kein Treibhaus der Kunst, wie Wilhelm Schadern in modernen (ja wohl modernea!) Vasari sich ausdrückt: es war eine gesunde, lebenskräftige Wärme, erzeugt durch die hell auflodernde Flamme der Begeisterung, wovon jene Werke, mit allen ihren Mängeln, das Zeichen an ihrer Stirne tragen. Jene Männer, die dort in brüderlicher Eintracht wirkten, sie wußten, worum es sich handelte, sie wußten, daß sie vor dem Richterstuhl der Nachwelt und vor dem der deutschen Nation standen. Es galt hier, daß der deutsche Genius sich auch in der Kunst eine Bahn brach, wie er es in der Poesie, Musik und in der Wissenschaft so glorreich gethan hatte; es galt hier endlich den hohen Absichten unseres erhabenen königlichen Herrn und Beschützers würdig zu entsprechen. Inwiefern dieß nun gelungen, mag Welt und Nachwelt entscheiden; wie weit auch jene Werke hinter dem Maßstabe liegen, den diese Männer sich selber angelegt und hier im ewigen Rom geholt hatten, sie können getrost die Hand auf die Brust legen und sich sagen: wir haben einen guten Kampf gekämpft, wir hinterlassen dem Vaterland eine bessere Kunst, als wir vorgefunden, und daß König Ludwig mit seinen ihm in freudigem Gehorsam treu zur Seite gestandenen Künstlern unserer Zeit gezeigt hat, daß sie nicht bloß eine zerstörende, sondern auch eine lebendig schaffende sein kann. Wenn die Phantasmagorien moderner Ostentation und Geistesleere längst von der Erde verschwunden und vergessen sein werden, dann werden die Schöpfungen König Ludwigs noch lange die Gemüther und Seelen der Menschen erquicken, erfreuen und erheben, ihn von Geschlecht zu Geschlecht als ihren Wohlthäter segnen, denn der Mensch lebt ja nicht allein vom Brod! Aber auch wir, die wir das Glück haben, in feierlich schöner Stunde mit ihm vereint sein zu dürfen, auch wir segnen ihn tausendmal, Amen! Es sind nur wenige Monden verstrichen, da trat der Todesengel vor das Krankenlager des so viel und innig geliebten Königs. Der theure Herr sah ihm als Christ und als Mann fest und gottergeben ins Auge — da entwich er! — und wir hoffen und wünschen sehnlichst, und mit uns Millionen, auf lange, undenkliche Zeit! Möge dieser heiße Wunsch wie ein Gebet durch die Wolken bringen, und vor dem König der Könige eine gnädige Erhörung finden! Noch lange möge der edle Fürst unter den Menschen wandeln, schaffen und wirken, der Kunst zum Trost, ein Stolz dem Vaterland, ein leuchtender Stern für alle! Hoch und lange lebe Se. Majestät der König Ludwig von Bayern!"

Begreiflich stimmte die ganze Versammlung mit stürmischer Freude ein. Der König ergriff sofort den Becher und antwortete: „Ich trinke auf das Andenken Winckelmann's", dann ließ er in deutscher, französischer, englischer und italienischer Sprache die schönen Künste und ihre Jünger leben.

Der König hatte auch diesmal mehrere Bilder angekauft (so Rohden's heilige Familie, Frey's Wüste Daschur). An seine Kunstkennerschaft wandte sich damals auch Erzherzog Ferdinand Max (der hochbegabte Bruder des Kaisers, dessen Blut mexicanischen Boden tränkte), um eine Entscheidung über die vielen Plane zur gothischen Votivkirche in Wien herbeizuführen. Des Königs Blick hatte das Richtige getroffen, indem er sich für Ferstl's Plan entschied. Vor seiner Abreise ließ er noch einer nicht kleinen Zahl hülfloser deutscher Landsleute beträchtliche Unterstützungen zugehen, und begab sich am 23. Mai über Florenz nach München, später mit Großherzogin Mathilde und Prinzessin Alexandra nach Berchtesgaden und Leopoldskron. Als er in München am 2. Sept. wieder zum erstenmal das Theater besuchte (es wurde zum viertenmale

4*

Tannhäuser gegeben), brach bei seinem Eintritt in die Loge ein wahrer Sturm von Freudenbezeugungen los. Theater und Concerte im Odeon besuchte der König fast regelmäßig. Er suchte und fand hier nicht bloß geistige Auffrischung und Erholung, sondern hie und da auch passende Gelegenheit zu angenehmer Siesta — wohl verzeihlich einem Manne, der seit dem frühesten Morgen sich geistiger Arbeit gewidmet hatte. Im Concerte ermangelte aber König Ludwig niemals, während der Pause zwischen der ersten und zweiten Abtheilung die Runde durch den ganzen Saal zu machen und vertraulich mit alten Bekannten zu plaudern. Und diese freundlichen Begrüßungen beschränkten sich nicht auf Personen eines gewissen Ranges: wem auch das Gesicht angehörte, das der Fürst in einem entfernten Winkel des Saales erspähte, ob einem hohen Hofbeamten, einem Künstler, Gewerbsmann, dessen Frau oder Tochter — der König eilte darauf zu, stellte eine Frage, erinnerte an frühere Begegnungen und wiederholte nicht selten mit heiterem Lachen einen guten Spaß, den ihm der Anblick der bekannten Person ins Gedächtniß zurückrief. Ein englisches Blatt ließ sich vor mehreren Jahren sehr wahr aus München schreiben: „Wenn man König Ludwig einst an diesen Concert=Abenden nicht mehr sieht, wird man seine erfreuliche Gegenwart schmerzlich vermissen. Ja, vermissen wird man ihn überall, nicht bloß in so mancher armen Familie, in welche sein Edelmuth, und nicht selten auch seine persönliche Erscheinung Trost und Hülfe gebracht hat; oder von Seite der Kunstwelt, die in ihm den das Verdienst fein herausfindenden Gönner verlieren wird: vermissen werden ihn auch die Wandler auf den Straßen, welche daran gewohnt sind, seiner rasch schreitenden hohen und schlanken Gestalt in den frühesten Tagesstunden bei jeder Witterung, und manchmal in den entlegensten Stadttheilen, zu begegnen. Und jeder, der zur Begrüßung des alten Herrn stillesteht, kann von ihm angeredet werden. Manchmal erregt ein hübsches Kind seine Aufmerksamkeit und die Kindsmagd muß ihm sagen, wer die Eltern sind; oder eine Bürgerstochter in der heimischen Tracht wird um ihren Namen befragt und belobt, daß sie der alten Volkstracht treu geblieben sei und sie nicht mit der nichtssagenden französischen Tagesmode vertauscht habe."... Goethe, in seinen Unterhaltungen mit Eckermann, stellt die Regel auf: wer mit den Großen der Erde zu verkehren habe, solle sich niemals in seinem natürlichen Impuls gehen lassen; denn bei der conventionellen Erziehung solcher vornehmen Personen erscheine in ihren Augen jede allzu warme Gefühlsaufwallung als mehr oder weniger unbegreiflich und halbwegs lächerlich. Goethe hat auch mit dieser Bemerkung seinen Scharfsinn und seine Kenntniß der Menschennatur bewährt. Allein König Ludwig bildete eine Ausnahme von der Regel. Zwischen ihm und den andern Menschenkindern bestand das Band allgemein menschlicher Sympathie und solche Liebefähigkeit und Leutseligkeit ist es am Ende was, mehr als Geistesgröße und Macht, die Herzen in Liebe und Verehrung gewinnt und fesselt. In seiner ganzen Lebensweise, in allen seinen Beziehungen zur Mitwelt schien König Ludwig zu fühlen, wie einst der Kaiser Maximilian: „Ich bin ein Mann wie ein andrer Mann; nur daß mir Gott der Ehren gann."

Ein schöner Zug der Dankbarkeit ist es, daß König Ludwig am 14. December 1855, am Jahrestage der ersten schweren Erkrankung, an seine Tochter die Großherzogin Mathilde schrieb und in diesem Brief, laut der Bekanntmachung an die Bewohner der Residenzstadt, „nicht nur der treuen kindlichen Liebe, von welcher Sie in dieser Zeit der Prüfung umgeben waren, sondern auch noch besonders dankbar der herzlichen Theilnahme der Bewohner Darmstadts gedacht, von welcher Sie so viele unvergeßliche Beweise erhalten hätten."

Den Sommer des Jahres 1855 verlebte der König meist auf seiner Villa bei Edenkoben. Ende Juni erhielt er den Besuch seiner geliebten Schwester Charlotte, der Kaiserin-Mutter von Oesterreich. Er zeigte ihr den Kaiserdom und dessen Kunstschätze und innige Freude strahlte aus seinem Antlitz, als die hohe Frau ihr lebhaftes Wohlgefallen an dem ganzen herrlichen Werke äußerte. Später besuchten die Majestäten das Städtchen Oggersheim, wo einst das Sommerschloß der Kurfürstin Elisabeth von der Pfalz gestanden, in dessen Räumen und Gärten der König und dessen kaiserliche Schwester manchen schönen Tag ihrer Kinderzeit heiter verlebt hatten. Von der alten Herrlichkeit hat die französische Revolution freilich nichts übrig gelassen, als das Orangeriegebäude. Dagegen haben sich theilweise auf dem Grund des Schloßgartens die Gebäude einer Sammet-Fabrik erhoben. Auf Bitte des Verwaltungsrathes legte der König am 17. Juli den Grundstein zum Hauptgebäude. Gegen den Bürgermeister des Städtchens äußerte bei dieser Gelegenheit der König, er solle doch eine Gedenktafel an dem Haus anbringen lassen, in welchem Schiller bei seiner Flucht von Stuttgart auf mehrere Wochen ein stilles Versteck gefunden. Auch Otterberg mit seiner 700 Jahre alten Klosterkirche des reinsten romanischen Stils, Bad Gleisweiler, St. Johannskirchen mit der herrlichen Aussicht auf den Trifels und die Maxburg wurden vom König und seiner kaiserlichen Schwester und seinen erlauchten Töchtern, Mathilde und Alexandra, besucht.

Gegen Mitte August traf auch König Otto auf Ludwigshöhe ein. Am Vorabende des Doppelfestes erschien aber eine Deputation des Magistrats und der Gemeindebevollmächtigten Münchens, um den König zu seinem 70. Geburtstag im Namen der Bevölkerung der Residenzstadt zu beglückwünschen. Zugleich überreichte sie eine prachtvoll ausgestattete Adresse mit Randbildern in Wasserfarben (von F. Seitz), welche des Königs Wirken, den Dank des Vaterlandes und den Einfluß auf die nachkommenden Geschlechter schildern. „Ein Wittelsbacher, hieß es in der Adresse, ein Ludwig war es, welcher gerade vor 500 Jahren München zur blühenden Stadt geschaffen und den Grund zu einem starken Bürgerthum als Stütze des Fürsten gelegt; ein Wittelsbacher, wieder ein Ludwig war es, welcher die an den Folgen drangvoller Kriegszeiten noch leidende Stadt mit unvergleichlichen Gebäuden, mit köstlichen Kunstschätzen geschmückt, sie hiedurch für alle Zukunft zum Wallfahrtsort der gebildeten Welt gemacht und zugleich ihr eine unversiegliche Quelle des Wohlstandes eröffnet hat." Am Schlusse der Adresse wurde ausgesprochen, daß die Gemeindevertretung beschlossen habe, ein dem König würdiges Denkmal in München zu errichten, auf daß „den spätesten Nachkommen es im steten Andenken bleibe, wie die Hauptstadt den 70. Geburtstag Ew. Königl. Majestät gefeiert hat."

Der König war von den neuen Beweisen so großer Liebe, welche er gelegentlich des 70. Jahrestages seiner Geburt von Gemeinden und andern Corporationen, sowie von Einzelnen aus dem Königreiche empfangen, so ergriffen, daß er schon am 27. öffentlich seinen „tiefgefühlten" Dank mit den Worten aussprach: „So viel Liebe verdiene ich nicht."

Am 1. Sept. kehrte der König über Stuttgart, wo ihm auf dem Bahnhof der greise Justinus Kerner dankbarst (denn er bezog vom König eine Pension) seine Huldigung darbrachte, nach München zurück. Doch machte er noch einen kleinen Ausflug nach Lindau, wo der Vater auf's Innigste seine Kinder, der Großvater seine Enkel begrüßte und Thränen der Freude nicht allein in den Augen der Herzogin von Modena, des Prinzen Luitpold, der Prinzessin Luitpold und der frisch aufblühenden Söhne des letzteren, sondern auch in den Augen aller derjenigen glänzten, welche dieser herzlichen Scene des Wiedersehens nahe standen.

Im Frühjahr 1857 zog es den König wieder nach Italien. Er begrüßte in Rom seinen Erstgebornen, den König Max, der seinem erlauchten Vater entgegengefahren war, setzte aber gleich seine Reise nach Palermo fort, wo er am 7 April eintraf. Erst Mitte Mai kehrte er nach Rom zurück, von den Künstlern, M. Wagner und P. Cornelius vorauf, herzlichst begrüßt. Während seines letzten Aufenthaltes hätte der König bei dem Bildhauer Emil Wolff eine kolossale Marmorbüste Winckelmann's nach dem in der capitolinischen Protomothek stehenden Original bestellt, um sie in der Villa Albani, dem eigentlichen Feld von Winkelmann's archäologischen Ehren, aufzurichten. Die feierliche Enthüllung sollte nun in Gegenwart des Königs stattfinden. Eine Versammlung von gegen hundert Personen, um das noch verhüllte, blumenbekränzte Denkmal geschaart, erwartete (27. Mai) den allverehrten Monarchen, als derselbe, am Thor der Villa von Professor Wolff selbst als Präsidenten des Künstlervereines empfangen, gegen halb 6 Uhr mit jugendlicher Rüstigkeit durch die dunkeln Laubgänge heranschritt, mit Wink und lautem Zuruf alle alten Bekannten grüßend, die er unter den Anwesenden erblickte. Darauf sich dem Monument nähernd, sprach der König: „Was Winckelmann geleistet, schildern zu wollen, wäre überflüssig. Sein Wirken ist bekannt. Haben Spätere gleich die Wissenschaft der Kunst, welcher er sein Leben geweiht, ausgebildet, bleibt ihm doch das große Verdienst, den Grund dazu gelegt zu haben. Keine Stelle dürfte seinem Denkmal sich eignen, wie diese Villa, wo er so gerne verweilt, der von Rom aus die Welt belehrte." Als der König geendet, fiel die Umhüllung, und das edle Haupt des großen Mannes zeigte sich, lorbeergekrönt, den Blicken der Versammlung. Nachdem hierauf Brunn vom archäologischen Institut in einer kurzen Rede die Bedeutung des Tages hervorgehoben, ergriff der Commissär der Alterthümer, Visconti, das Wort und sprach, an den König gewendet: „Majestät, das Lob der Könige pflegt den Weg des Thrones zu kennen; den des Grabes pflegt es nicht zu kennen. Ew. Majestät Ruhm, so vielen bedeutenden Werken anvertraut, so vielen ausgeführten erhabenen Ideen, so vielen gewaltigen Gründungen, wird unbesiegt den Jahren gegenüber stehen, vielmehr wachsen wird er mit den Jahren, diesen Lorbeerbäumen vergleichbar, unter denen wir stehen, die höher und höher zum Himmel sich empor heben...."

Nachdem der Redner geendet, begab sich der König hinter das Monument, um daselbst einen Lorbeerbaum zu pflanzen, der es bereinst beschatten wird. Dann mischte er sich ungezwungen unter die Gesellschaft und setzte sich unter dem Porticus des sogenannten Kaffeehauses mit Wolff, Overbeck, Wagner und andern Künstlern an einen Tisch, um eine kleine Collation einzunehmen. Gegen 7 Uhr, da Abendkühle eintrat, wollte er sich entfernen, da er aber hörte, daß noch eine Beleuchtung mit bengalischen Flammen vorbereitet sei, versprach er, etwas wärmer gekleidet, wieder zu kommen. In der That kehrte er um 8 Uhr zurück. Weiße, dann rothe Flammen beleuchteten magisch das Monument und die prachtvollen immergrünen Eichen, deren dunkles Laubdach sich über ihm wölbte, und deutsche Volkslieder erschallten aus der Seitenallee her. König bezeugte seine vollste Zufriedenheit und schied endlich mit freundlichstem Lebewohl, mit dreifachem Hoch von der Versammlung begleitet, das sich nochmals wiederholte, als er in den Wagen stieg. Laut rief der König zurück: „Es lebe die Kunst und die Künstler!"

Die übrige Zeit seines Aufenthaltes verwendete der König zu Besuchen in den verschiedenen Künstlerwerkstätten und zu Ausflügen nach Ostia, wo die Ausgrabungen bereits zahlreiche Denkmäler alter Kunst zu Tage gefördert hatten, dann in die Albanerberge und nach Tivoli, später nach Frascati und nach Villa Conti mit den malerischen Terrassen, von dort nach den Villen Belvedere, Taverna, Mondragone, nach der Rufinella, endlich noch auf die Höhen mit Tusculums Ruinen. Auf der Rückreise besuchte der König den Papst in der Villa San Michele in Bosco bei Bologna. Von Innsbruck, wo ihn der König von Sachsen und Erzherzog Karl Ludwig überraschten und nach Schloß Amras begleiteten, traf der König am 26. Juni wieder in Berchtesgaden ein. Einen Monat später siedelte er nach Leopoldskron über und am 1. Sept. bezog er wieder den Wittelsbacher Palast. Bald darauf wurde in Augsburg, bei Eröffnung der Versammlung der Geschichts= und Alterthumsvereine Deutschlands, das vom König der Stadt Augsburg („die für Uns — wie es in der betreffenden Urkunde heißt — da Wir als Kronprinz krank in ihr waren, warme Theilnahme und Anhänglichkeit schon hatte") geschenkte Denkmal von Hans Jakob

Fugger enthüllt. Wenige Tage später erschien König Ludwig im strengsten Incognito zu Augsburg, besah das Denkmal, das seine volle Zufriedenheit fand, und besuchte auch den Dom, die Bildergalerie, die Fuggerei und das Maximiliansmuseum, welches, wie der König sich äußerte, allein schon verdiene, daß man nach Augsburg reise.

Ein anderes Standbild von Erz, welches der König errichten ließ, wurde am 27. Mai (Geburtstag des höchstseligen Königs Max I.) 1858 in Landshut enthüllt: das Standbild des Herzogs Ludwig des Reichen. Der König erklärt in der Schenkungs-urkunde, „daß Wir in freundlicher Erinnerung der Zeit, in welcher wir vor 55 Jahren auf der Universität zu Landshut Uns befunden, dieser immer treuen Stadt das von Uns auf Kosten Unserer Cabinetscasse daselbst errichtete eherne Standbild des ruhm- und segenvoll in ihr gewaltet habenden Herzogs Ludwig des Reichen andurch geschenkt und zum Besitz und Eigenthum übergeben haben." In den Sommermonaten wählte sich der König die Pfalz, von wo er auch nach Mainz ging, um den dortigen Dom zu besichtigen, dann Brückenau und Aschaffenburg zum Aufenthalt. Auf der Rückreise nach München ließ er am 6. Sept. in seiner Gegenwart das von Halbig gemeißelte Brustbild des Feldmarschalls Grafen Radetzky in der Walhalla aufstellen. Demselben Künstler übertrug er auch die Fertigung einer Büste Steinheils. Als er um einen Beitrag für ein in Ansbach aufzustellendes Brustbild Platens angegangen worden, erwiderte er: zu einem Brustbild gebe er nichts, bekäme Platen ein Standbild, würde er das Erz dazu schenken. Man entschied sich nun für ein Standbild. Dasselbe Jahr 1858 glänzt durch große Wohlthaten, die der König namentlich in der Pfalz gespendet. Als Protector des Vereins für deutsche Missionszwecke in Nordamerika gab er 3000 fl. den Benedictinern zur Gründung einer neuen Missionsstation in Kansas und ebensoviel den Benedictinerinnen zur Gründung eines Priorats in St. Clond im Staate Minnesota am obern Mississippi.

Die poetische Ader versiegte dem König bis in sein hohes Alter nicht. Als im Sept. 1856 zu Salzburg das Mozartfest gefeiert wurde, fühlte er sich zu einem Lied an den unsterblichen Tondichter begeistert, dessen Schlußstrophen lauteten:

> Es sind die Leiden längst verschwunden,
> Die auf der Erde dich gedrückt;
> Die Wonne doch wird stets empfunden,
> Von welcher wir durch dich entzückt.
>
> Vermählet ist in Deinen Tönen
> Die Melodie mit Harmonie;
> Es lebt das Ideal des Schönen
> Im Zauber deiner Phantasie.

Als aber im Jahre 1859 eine patriotische Begeisterung durch das deutsche Volk ging, stimmte auch er patriotische Weisen an. Er sang damals in dem Gedichte „Teutscher März":

> So wie es früher nie gewesen,
> Gibt jetzt der Teutschen Sinn sich kund,
> Es sind die Teutschen neu genesen,
> Vereint in einem Herzensbund.
>
> Das mit dem Lorbeer hoch bekränzte,
> Das teutsch vor Allen sich gezeigt,
> In dem Befreiungskampfe glänzte,
> Nur dieß ist stille — Preußen schweigt.

Dann in den Schlußstrophen zu „So war's, so ist's":

> Das was so lange hat gesäumet,
> Wornach ich fruchtlos da gestrebt,
> Ist Wahrheit jetzt, was ich geträumet —
> Ich hab' vergebens nicht gelebt.

Und am Schluß des Gedichtes „Am fünfzigsten Jahrestag der Schlacht bei Aspern":

> Jubelnd bei des Schlachtenrufes Klängen,
> Nach des Krieges stürmendem Gewühl,
> Lebt im ganzen Volk ein glüh'nd Drängen,
> In des Rechtes heiligem Gefühl.
> Kühn tritt Oestreich in des Kampfes Schranken,
> Unerschütterlich, wenn auch allein,
> Gleichviel, ob die andern alle schwanken:
> Oestreich wird, es muß jetzt siegend sein.

In Leopoldskron, wo der König während des Sommers 1859 weilte, beging er seinen Geburts- und Namenstag im Kreise seiner Lieben. Außer seinen Töchtern Großherzogin Mathilde, Prinzessin Alexandra und Herzogin Adelgunde waren auch die Kaiserin-Mutter von Oesterreich und Prinz Karl von Bayern am Vorabend eingetroffen. Serenade und Feuerwerk belebten das königliche Familienfest. Am Namenstag selbst wurde ein Ausflug über Hallein nach Golling unternommen, wo der König von seinem geliebten Sohne König Max, von der Königin Marie, dem Kronprinzen Ludwig und dem Prinzen Otto, dann von Erzherzog Albrecht und Erzherzogin Hildegarde begrüßt wurde, welche theils aus Berchtesgaden, theils aus dem Hochgebirge herbeigeeilt waren. Nach einem gemeinschaftlichen Ausflug zu Wagen an den Felsenpaß Lueg bis zur Croatenhöhle und nach Besichtigung der großartigen Felsenöfen an der vorbeiströmenden Salzach und des malerischen Gollinger Wasserfalls wurde Abends nach herzlichem Beisammensein die Heimreise angetreten.

Mitte September begab sich der König über Prag nach Dresden, um seine hohen Verwandten an der Elbe zu besuchen. Die Dresdener Künstlerschaft beeilte sich dem königlichen Mäcen ihre Huldigung darzubringen. Sie brachte ihm am Abend des 14. einen glänzenden Fackelzug auf der Villa der Königin Marie zu Wachwitz. In einem Festspiel kamen in den Gestalten Erwins von Steinbach, Michel Angelo's und Albrecht Dürer's die bildenden Künste zur Darstellung. Man sah es dem greisen und doch so jugendlich lebhaften König an, daß es ihm ein wohlthuendes Gefühl war, seine Verdienste um die deutsche Kunst in dieser Weise anerkannt und geehrt zu sehen. Die Kunstsammlungen Dresdens besichtigte er mit eingehendster Theilnahme. Seine eigenen hatte er wenige Monate früher durch Raphaels h. Cäcilia bereichert, ein unbestrittenes Originalgemälde, welches er vor einiger Zeit in Bologna angekauft.

Für die in München bevorstehende Schillerfeier zeigte der König das lebhafteste Interesse. In besonderer Anerkennung ihres lobenswerthen Zweckes machte er der Schillerstiftung die Summe von 1000 fl. zum Geschenk. Als sich Schwierigkeiten wegen Benützung des Max-Joseph-Platzes für Aufführung der Festcantate ergaben, erfüllte er „mit Freuden" die Bitte des Festcomité's die Feldherrnhalle, sein Privateigenthum, zum Fest „unsers Schillers" benützen zu dürfen. „Er ist der teutsche Dichter, er spricht zum teutschen Gemüthe, schwingt zum Ideale empor." Der Deputation, welche ihn zur Apotheose im Odeon einlud, erwiderte er: „Von Kindesbeinen an war ich ein großer Verehrer Schillers, und es schmerzt mich mein Leben lang, daß ich nichts für ihn thun konnte. Als er gestorben, war ich erst 18 Jahre alt und hatte selber nichts. Ich war gerade auf meiner ersten italienischen Reise in Rom und hatte im Sinn, endlich einen langgehegten Entschluß auszuführen — Schiller mit seiner Familie nach Italien einzuladen, wo er sich hätte erholen und uns noch viel herrliches schenken können. Da kam Maler Müller zu mir auf die Villa und brachte mir die Nachricht seines Todes; ich versichere Sie, meine Herren, ich war wie vom Blitz gerührt, das Blatt fiel mir aus den Händen." Und an Professor Döderlein schrieb der König eigenhändig unterm 8. Dec.: „Eben las ich Ihre Festrede auf unsern Schiller. Keine, die ich kenne, ergriff mich so; sie ist die gründlichste, bringt in das Innere seines Wesens, zeigt was er war, was er wirkte. Beneiden könnte ich Sie, seines Umganges theilhaftig gewesen zu sein. Daß mir nicht vergönnt war, seine Lage erleichtert zu haben, wird immer mein Bedauern sein. Von allen Dichtern der neuen Welt liebte und liebe ich Schiller am meisten."

Wenige Wochen später (Februar 1860) sandte der König 500 fl. an den Ausschuß für Arndt's Denkmal, beifügend: „Freudig trage Ich zu Arndt's Denkmal bei, um so freudiger, da auf dem linken Rheinufer seine eherne Bildsäule zu stehen kommt, der selber ehern dastand im Sturm, welcher Teutschland überzog. Labung und Stärkung gaben seine Schriften, als unser geliebtes teutsches Vaterland vom Feinde heimgesucht war; es ist nun ein halbes Jahrhundert, und es droht jetzo wieder eine solche Zeit; möchte sie alle Teutschen einig finden!"

Mitte Mai reiste der König über Regensburg, wo er (am 17.) in der Walhalla Schellings Brustbild (wie er in jungen Jahren gewesen) in seiner Gegenwart aufstellen ließ, zur Enthüllungsfeier des Erzherzog-Karl-Monumentes (22. Mai) nach Wien, das er seit 1817 nicht mehr gesehen. Er empfing eine Deputation der Künstler, welche „dem hohen Regenerator, dem väterlichen Schützer und Förderer der deutschen

Kunst" die Gefühle unbegrenzter Verehrung darbrachten, und besuchte zum Theil von seiner kaiserlichen Schwester und von seinen erzherzoglichen Töchtern begleitet, mehrere Künstlerwerkstätten. Bald erzählte man sich eine Menge pikanter Aeußerungen, die der alte, aber noch immer lebensfrische König an öffentlichen Orten gemacht. In einer Galerie fragte er, ob sie denn von den Cavalieren fleißig besucht werde. Die ausweichende Antwort vervollständigte er rasch selbst: „Nein, nein, sie besuchen sie nicht, ich weiß das!"

Während der Sommermonate weilte der König wieder in seiner geliebten Pfalz. Bei einer Spazierfahrt auf dem Rhein, welche dem Schöpfer Ludwigshafens zu Ehren veranstaltet wurde, gedachte der König in einem besondern Toaste „der Entfesselung des schönsten deutschen Stroms, der Befreiung des Rheins vom Octroi, und zwar durch gänzliche Aufhebung desselben." Die Mainzer luden ihn zum Sängerfest und brachten ihm einen glänzenden Fackelzug. Zu Speyer freute sich der Künstlerkönig wieder seiner erhabenen Schöpfungen am Kaiserdom, die auch seine geliebte Schwiegertochter, Königin Marie, in diesem Sommer zum erstenmal sah und bewunderte. Auf der alten Frankenburg Landeck bei Klingenmünster umwogten Tausende den verehrten Pfalzgrafen und die Sänger sangen ihm begeistert Arndt's Lied vom deutschen Vaterland. Auch der Fahnenweihe des Liederkranzes zu Edenkoben wohnte er bei. In Neustadt legte er den Grundstein zu der neuen katholischen Kirche (Ludwigskirche), deren Bau er durch eine Gabe von 20,000 fl. ermöglicht hatte. Als aber König Max, der würdige Erbe seines deutschen Herzens und Sinnes, sich von ihm verabschiedete, um der Zusammenkunft deutscher Fürsten mit Napoleon in Baden beizuwohnen, da trug man begeistert durch's ganze Land eines der ersten Worte König Ludwigs: „Sie kriegen die Pfalz nicht!" ... Später begab sich der König nach Aschaffenburg. Die Erinnerung an seine vor fünfzig Jahren (12. Oct. 1810) erfolgte Vermählung feierte er in stiller Zurückgezogenheit zu Darmstadt an der Seite seiner geliebten Tochter Mathilde.

Die hohe Frau besuchte ihren königlichen Vater auch in München. Als er sie im Februar auf der Heimkehr bis Augsburg begleitete, wurde er in Folge einer Erkältung unwohl. Zu einer gastrisch-rheumatischen Affection gesellte sich wiederholtes Erbrechen und der Zustand des hohen Kranken erregte einige Tage große Besorgniß. Doch seine kräftige Natur siegte und schon am 3. März ließ er folgende Worte an Münchens Bewohner veröffentlichen: „Innigen Dank für die innige, allgemein bezeigte Theilnahme während Meiner nun glücklich überstandenen Krankheit."

Im Juni 1861 begab sich der König wieder nach Wien und weilte einige Zeit bei seiner erlauchten Tochter im Schloß zu Weilburg. Er war seit dem vorigen Jahre in Wien eine populäre Gestalt geworden. Sein Erscheinen in den Ateliers der Künstler war ein in der Geschichte der Wiener Kunst seltenes Ereigniß. Allgemein wurde auch bemerkt, daß der König auf seinen Atelierzügen meist von seinen beiden Töchtern, der

Erzherzogin Hildegarde und der Herzogin von Modena, begleitet war. Die Liebens-
würdigkeit und kindliche Verehrung, womit die beiden hohen Damen dem Vater entgegen-
kamen, an dem bei aller Geistes- und Körperfrische die Spuren des Alters doch
allmälig hervortraten, gewann die Herzen aller, die Zeugen des schönen Familienver-
hältnisses waren. Seine Herbstvilleggiatur nahm der König in Leopoldskron.

Den Sommer von 1862 verlebte der König in Brückenau und in der Pfalz.
In Brückenau wurde ihm am letzten Abend seines Aufenthaltes (2. Juli) ein Fackelzug
dargebracht. Curgäste und benachbarte Gutsbesitzer betheiligten sich bei der Huldigung.
Am nächsten Tage besuchte er in Heidelberg das von ihm der Stadt vor zwei Jahren
geschenkte Wrede-Denkmal und fuhr gegen Abend nach Schwetzingen, wo er sich an
Jugenderinnerungen labte. In sinniger Weise feierte er am 7. Juli den Geburtstag
seines hohen Bruders, des Prinzen Karl von Bayern, zu Mannheim in demselben
Hause und in derselben Stube, wo dieser 1795 das Licht der Welt erblickte: in dem
jetzt von Kaufmann Burck bewohnten Haus am Schillerplatz. Ein paar Wochen später
widmete er, von seinem Hofmarschall Frhrn. v. Laroche und von Herrn Artaria
begleitet, das großherzogliche Schloß zu Mannheim der eingehendsten Besichtigung,
während welcher hundert Erinnerungen an diese Räume Stoff zum lebendigsten
Gespräch gaben. Mit gleich regem Interesse besuchte der König das großherzogliche
Antiquarium und Naturaliencabinet, sowie den Galeriedirector Weller, dessen neueste
Bilder reichliche Gelegenheit gaben, sich über Italien zu verbreiten. In diesen Tagen
stellte der König der Stadt Mannheim auch ein schönes Geschenk in Aussicht:
Ifflands Standbild, zur Erinnerung an die Blüthezeit des Mannheimer Hoftheaters.

Während nun so der König in der Pfalz weilte, fast jeden Tag mit Wohlthaten
bezeichnend — namentlich erfreute sich das in Edenkoben zu erbauende Spital
„Ludwigsstift" beträchtlicher Fundationszuschüsse — wurden in München alle Vorbereitungen getroffen, um das von der Stadt im Jahre 1856 beschlossene Denkmal zu
enthüllen. Es waren verschiedene Vorschläge bezüglich des Platzes und der monumentalen Darstellung selbst gemacht worden. Es wurden der Königsplatz, der Platz vor
der Feldherrnhalle und die Ludwigsstraße genannt. Das Denkmal sollte zwar den
König im vollsten Schmuck des Königthums zeigen, aber ob umgeben von den Attri-
buten und Personen, die ihm zu Werkzeugen und Trägern seines friedlichen Wirkens
dienten, oder ob hoch zu Pferde, in freier Nachahmung einer Modellskizze Schwanthalers zu einer Reiterstatue des Königs Matthias Corvinus von Ungarn, darüber
gingen die Meinungen auseinander. Der König selbst gab letzterer Idee den Vorzug
und entschied sich für Widnmanns Modell, welches den König im Krönungsornate zu
Pferde, das Scepter hocherhebend, darstellt, während an jeder Seite ein Edelknabe
mit einem Schild geht, auf deren einem „Gerecht" und auf dem andern „Beharrlich"
geschrieben steht, und das reiche Postament von vier allegorischen Figuren im Erzguß
— Religion, Kunst, Poesie und Industrie — umgeben wird.

Das Monument war zu gleicher Zeit vollendet mit den Propyläen, welche König Ludwig zur Erinnerung an den griechischen Befreiungskampf und an die Gründung der griechisch=bayerischen Dynastie erbauen ließ, und es war ein schöner Gedanke, daß die Eröffnung dieses Prachtthores mit der Durchführung der herrlichen Reiterstatue seines Gründers gefeiert werden solle. Am 18. August wurden die Propyläen eröffnet und das Königsdenkmal hielt seinen Einzug. Der Hofmarschall des Königs Ludwig, Frhr. v. Laroche, indem er die Schankungsurkunde an die Stadt übergab, betonte wie dieses Bauwerk, welches durch seinen reinen, edlen Stil, durch seine Erhabenheit und seinen Gesammteindruck sicher zu den allerhervorragendsten gehöre, in seinem plastischen Schmuck zugleich auch erinnere an die Wiedergeburt jenes classischen fernen Landes und Volkes, „dem ein König aus unserm so hochgeliebten Hause Wittelsbach sein ganzes Leben durch Freud' und Leid mit unvergleichlicher Liebe weiht."

Es war eine der bittersten Fügungen des Schicksals, daß gerade in diesen Tagen revolutionäre Verbindungen in Griechenland, besonders in Messenien, sich anzettelten, welche eine um so bedrohlichere Wendung zu nehmen schienen, als die Regierung entschieden vor jeder von den Schutzmächten mißbilligten Bewegung warnte. König Otto wurde das Opfer seiner Gewissenhaftigkeit, und der Sturm, welcher durch Griechenland brauste, wurde durch Umstände gezwungen, sein Hauptziel zu verläugnen und bei der gewaltsamen Thronerledigung stehen zu bleiben.

König Ludwig, der im Mai dieses Jahres seine geliebte Tochter Mathilde hatte ins Grab sinken sehen — am 25. Mai, zur Sterbstunde, sah man ihn gedankenvoll im Garten zu Nymphenburg, dem Schauplatz seiner Jugend, im Strahle der Frühlingssonne wandeln —, erlebte nun auch den Schmerz, den Bau eines halben Lebens als Ruine zu erblicken. Seinem Geiste sollten aber noch härtere Prüfungen bevorstehen. Der Tod entriß ihm noch drei seiner geliebten Kinder: König Max II. starb 10. März 1864, Erzherzogin Hildegarde bald darauf am 2. April, und König Otto, dessen Andenken in Griechenland stets ein gesegnetes sein wird, denn er legte die Keime zu christlicher Staatenbildung, am 26. Juli 1867. Wohl mag das edle Vaterherz geblutet haben, aber König Ludwig ertrug äußerlich diese schweren Heimsuchungen mit dem Stoicismus eines Weisen, oder besser: mit der Ergebung eines Christen. Er schloß sich auf einige Stunden in seine Gemächer, um sich Trost in der Meditation zu suchen. Dann lebte er wieder seinen Pflichten.

Das Denkmal, welches ihm die Stadt München in treuer Verehrung und =Dankbarkeit setzte, wurde am 25. August enthüllt. Als der erste Bürgermeister v. Steinsdorf nach kurzer Darlegung der unsterblichen Verdienste des Königs um die Stadt, um Bayern und ganz Deutschland, dem gefeierten Monarchen ein Hoch ausgebracht und unter dem Geläute aller Glocken und tausendstimmigen Jubelrufen die Hülle gefallen, sprach Prinz Luitpold, dem Bürgermeister zugewendet, mit bewegter

Stimme: „Im Namen meines vielgeliebten Bruders, unsers allergnädigsten Königs und Herrn, danke ich Ihnen für diesen neuen Beweis rührender Anhänglichkeit und allbewährter bayerischer Treue. Meinem Sohnesherzen hat es wohlgethan, in so anerkennender, liebevoller Weise von meinem Vater, dem König Ludwig, reden zu hören. Wiederholt danke ich Ihnen, dem würdigen Vertreter der Haupt- und Residenzstadt." Darauf brachten die Künstler dem Mäcen ihre Huldigung, indem sie unter feierlichen Reden und Gesängen zahlreiche Kränze vor dem Monumente niederlegten. Nach Edenkoben richteten sie aber folgendes Telegramm: „An Se. Maj. den König Ludwig: In diesem Augenblick haben die Künstler Ew. Majestät ehernes Bild in unbeschreiblicher Begeisterung mit Blumen und Kränzen bedeckt. Es sind nur vergängliche Blätter, doch an dem Haupt von König Ludwigs Majestät wird jedes Reis zum unverwelklichen Lorbeer." Der König, von einer Landpartie nach der Villa Ludwigshöhe zurückgekehrt, dankte durch ein Telegramm, und erwiderte auf demselben Weg auch die Glückwünsche der Mitglieder der Gemeindecollegien, welche sich zu einem Festmahl im Bayerischen Hof versammelt hatten.

Ohne München zu berühren, reiste der König Anfangs September über Marseille, wo er sich auf dem „Thabor" nach Civitavecchia einschiffte, nach Rom. Dort harrten seiner bereits die Künstler. „Alle herauf!" rief er, als er aus dem Wagen sprang. Und als nun die Künstler um ihn versammelt waren, sagte er: „Schon vor zwei Jahren wollte ich wieder einmal nach Rom kommen; damals verhinderten es die politischen Verhältnisse; nun hab' ich's aber nicht mehr länger ausgehalten; man lebt ja nur in Rom! Und mit dem jetzigen Aufenthalt gibt's keinen Monat im Jahr mehr, den ich nicht einmal in Rom verlebt hätte. Nur der September fehlte mir noch." Der König sah ungemein wohl aus und war von erstaunlicher Rüstigkeit und Lebendigkeit. Daß der Tod so manche Lücke unter seinen alten Bekannten gerissen, bedauerte er lebhaftest. Am 13. September machte der König seinen Besuch im Vatican. In den nächsten Tagen besichtigte er die Ausgrabungen auf dem Agger des Servius Tullius und die dicht dabei in Villa Negroni aufgefundenen Wandgemälde; ferner die Katakomben des heiligen Alexander, die altchristliche Basilica S. Stefano u. a. Für die Ausgrabungsarbeiten in der Krypta der Basilica von San Clemente bewilligte er eine beträchtliche Summe. Auch mehrere Gemälde erwarb er, so C. Dorners Madonna. Dem Bildhauer Tenerani gab er den Auftrag, die Marmorfigur einer Vestalin zu arbeiten. Er lebte fast nur in Gemeinschaft von Künstlern und zog deren, wie er schon früher immer gethan, täglich zwei bis drei zur königlichen Tafel. Am 20. Oct. verabschiedete er sich bei der sicilischen Königsfamilie und beim Papst. Den Künstlern aber, die sich zahlreich zum Abschied in den Orti di Malta eingefunden hatten, sagte er: „Ihr habt's gut, ihr könnt immer in Rom bleiben!" In den, der Villa Malta zunächst gelegenen Straßen hatte sich der König eine wahre Popularität errungen, jedes Kind kannte ihn. Am 5. Nov., wenige Tage nach den griechischen Majestäten, traf er wieder in München ein, und schon des andern Tags besichtigte er das ihm zu Ehren auf dem Odeonsplatz errichtete Monument. Mittags hatten die beiden Bürgermeister, die es errichten ließen, und die beiden Künstler, welche es entworfen, v. Klenze und Widnmann (Inspector v. Miller, der es gegossen, war eben in Mannheim), die Ehre zur königlichen Tafel gezogen zu werden, wobei König Ludwig auf das Wohl der Stadt München einen Toast ausbrachte. Doch

> Wo Sonne glüht
> Sie immerwährend scheinet
> Sich Lenz mit Herbst vereinet,
> Wo 's ewig blüht;
> Dahin! dahin
> Muß ich! darf hier nicht weilen,
> Muß in den Süden eilen . . . .

so hatte König Ludwig selbst vor vielen Jahren gesungen, und jetzt waren es die Aerzte, welche ihm dringend riethen, die Wintermonate in mildem Klima zuzubringen.

Der König reiste am 3. December über Genf, Lyon, Valence und Toulon nach Nizza, wo er bis Ende April weilte und geistig sich so angeregt fand, daß er ein spanisches Lustspiel des Don Manuel Juan Diana (der König sprach und schrieb auch spanisch mit großer Geläufigkeit) ins Deutsche übertrug („Recept gegen Schwiegermütter"), welches mit großem Beifall in München und auf andern Bühnen gegeben wurde. Am 5. Mai war er wieder in München, und am 9. Mai hatte er die Freude, auf dem Balcon des Palais des Grafen Almeida der feierlichen Enthüllung des Schiller-Monumentes beizuwohnen, welches er der Stadt zum Geschenk gemacht. Frau v. Gleichen-Rußwurm und ihr Gemahl wohnten auf besondere Einladung dem Feste bei, und beide wurden vom König zur Tafel gezogen. Ein großartiger Fackelzug schloß das Fest und brachte auch dem Gründer des Standbildes seine Huldigungen.

Den Sommer und Herbst verbrachte der König in Berchtesgaden und Leopoldskron. Aus ersterm Orte richtete er eine Zuschrift an den Centralausschuß für die Feier des 50. Todesjahrtages Theodor Körners, worin es heißt: „Wahrhaft würdig ist Th. Körner, einer der edelsten Kämpfer im Befreiungskrieg und dessen größter Dichter, daß sein Heldentod gefeiert werde, der allzu früh erfolgte. Welche Hoffnung ging mit ihm zu Grunde! Freudig ertheile ich einen Beitrag zu seinem Denkmal; es sind jedoch nur 100 Thaler. Würde gern mehr geben, bin aber gewaltig in Anspruch genommen. Nie soll unser großes teutsches Vaterland seiner herrlichsten Zeit, nie seines Theodor Körner vergessen!"

Der König sollte aber auch rüstig noch den schönen Tag der Vollendung und der Eröffnung der Befreiungshalle erleben. Er traf am 17. October Mittags in Kelheim ein, das sich festlich geschmückt hatte. Abends glänzte der wundervolle Bau in bengalischer Beleuchtung, während dem König eine Serenade dargebracht wurde.

Zu der feierlichen Eröffnung selbst hatte der König eine Anzahl Theilnehmer an den Befreiungskriegen eingeladen. Es kamen Prinz Karl von Bayern, Frhr. v. Heß, Frhr. v. Wrangel, Frhr. v. Hohenhausen, v. Flotow u. v. a. Um 1 Uhr erschien König Ludwig und empfing seinen Bruder und die Generale auf der äußeren Terrasse. Nachdem ein Festgesang erklungen, ergriff der König das Wort und sprach: „Willkommen, tapfere Krieger des Befreiungskampfes, willkommen alle. Es ist Deutschlands herrlichste Zeit; an ihr wollen wir uns halten. Ich kann nur sagen, was ich hier, in der Befreiungshalle, geschrieben habe: „Möchten die Deutschen nie vergessen, was den Befreiungskampf nothwendig gemacht, noch wodurch sie gesiegt." Sofort eröffneten sich die Thore des Prachtbaues, und von der Galerie ertönte ein von König Ludwig gedichteter Chorgesang zur Grundsteinlegung der Befreiungshalle. Nach der Rückkehr von der Eröffnungsfeier war großes Bankett, wobei König Ludwig einen Trinkspruch auf alle Deutschen, auf das ganze Deutschland ausbrachte. Später gedachte er noch der Manen Schwarzenbergs und Blüchers. Der österreichische Feldmarschall Frhr. v. Heß richtete aber folgende Worte an den König: „Ew. Majestät! Mein allergnädigster Kaiser und Herr hat mir den Auftrag ertheilt, Ew. Majestät als seinem vielgeliebten Herrn Oheim und einem der ersten, der ältesten, der edelsten und in Sorge für Deutschlands Ruhm und Ehre beharrlichsten Fürsten zur Vollendung und Eröffnung der Befreiungshalle seine wärmsten Glückswünsche darzubringen. Se. Maj. der Kaiser wünschen, daß an diesem Tag von den entfernteren östlichen Gestaden dieses herrlichen deutschen Stroms, welcher auch hier zu den Füßen dieses Ehrentempels so stolz und schön vorüberfließt, der kaiserliche Gruß und Ruf zu Ew. Majestät herübertöne: Hoch, vergnügt und noch lange, lange Jahre lebe der edle deutsche Fürst König Ludwig der Bayer!"

Den Winter wollte König Ludwig wieder in einem wärmern Klima zubringen, und er wählte sich dießmal Algier. Die Ueberfahrt von Marseille, wo er sich am 10. November einschiffte, war sehr stürmisch, doch hatte der König nur ein paar Stunden von der Seekrankheit zu leiden, und landete am 12. November im besten Wohlsein. Gleich in den ersten Tagen wohnte er in einem maurischen Hause dem Feste der Beschneidung bei, und er fühlte sich nicht wenig angezogen von dem malerischen Anblick der Versammlung wie von dem würdigen Ernst im Benehmen der Anwesenden. Die Soiréen des Generalgouverneurs, Marschalls Pelissier, beehrte er wiederholt mit seinem Besuch. Am 13. März 1864 erhielt er das Telegramm, welches die erschütternde Nachricht von dem Tode des Königs Max II. überbrachte. Seine Umgebung fürchtete anfangs für des Königs Gesundheit; doch der vielgeprüfte Mann fand bald die nöthige Fassung, und nachdem die erste schwere Gemüthsbewegung glücklich überwunden, schien auch sein Wohlbefinden nicht mehr gefährdet. Wenige Tage später ging er zu Fuß zu der etwa 600 Fuß hoch gelegenen (und von ihm reich beschenkten) Kirche Notre Dame d'Afrique und wieder zurück, ohne eine Erschöpfung oder nur

Ermüdung zu fühlen. Schwer beugte ihn Anfangs April der abermalige Verlust eines geliebten Kindes. Doch auch dießmal verläugnete sich nicht seine wunderbare Selbstbeherrschung, und er tröstete andere über ihre Sorge um sein Wohl, nachdem er sich selbst Muth zugesprochen. Kurz vor seiner Abreise (am 30. April) mit dem Paketboot „Borysthene" (welches anderthalb Jahre später an der afrikanischen Küste unterging), traf ihn noch eine dritte Todesnachricht: die von dem Ableben der Prinzessin Luitpold. Wahrlich, es gehörte eine eiserne Mannesnatur dazu, um aus so rasch wiederholten schweren Gemüthserschütterungen ungebrochen hervorzugehen.

Der König traf am 7. Mai wieder in München ein und wurde vom Prinzen Adalbert im Bahnhofe empfangen, während alle andern in München anwesenden erlauchten Glieder der königlichen Familie zum Empfang im Wittelsbacher Palast versammelt waren. Es war ein freudig-trauriges Wiedersehen! Während der Sommermonate weilte der König in Aschaffenburg und später auf Ludwigshöhe. Dort empfing er vom Freien deutschen Hochstift zu Frankfurt a. M., „von Goethes Vaterhaus aus, während der Feier des Geburtstags des Dichters", ein Telegramm mit herzlichem Gruß der tiefsten Verehrung und des Dankes „in freudig stolzer Erinnerung an den 28. August 1827, wo „„ein Monarch, der neben der königlichen Majestät seine angeborne schöne Menschennatur gerettet hat"" (Goethe bei Eckermann II. 118), Deutschlands großen Dichter wie einen Ebenbürtigen besuchte und von ihm als ein Ebenbürtiger empfangen wurde, — und mit der Bitte zu genehmigen, daß an dieser geweihten Stätte König Ludwigs I. Büste zu ewigem Andenken aufgestellt werde unter den Geistesfürsten Deutschlands, und daß sein gefeierter Name eingezeichnet werde in die Reihe unserer Ehrenmitglieder und Meister." Die königliche Antwort lautete: „König Ludwig I. von Bayern dankt vielmals für die hoch erfreut habende Aufmerksamkeit." Am 30. August wurde das Diplom dem Könige, der sich mit den Bestrebungen des Hochstifts vollkommen einverstanden erklärte, durch eine besondere Deputation übergeben.

Anfangs November begab sich der König auf die Reise nach Rom. In Ferrara besuchte er das Gefängniß Torquato Tasso's, in Rom selbst traf er am 12. November ein, und er fühlte sich wie daheim inmitten der Monumente, der Künstler, der Archäologen und Gelehrten — war er doch seit seinem ersten Besuche im Jahre 1800 nun wenigstens zum zwanzigstenmal da. Am hl. Weihnachtstage wohnte er den gottesdienstlichen Feierlichkeiten von 9 Uhr Morgens bis 1 Uhr Mittags bei. Am 23. Januar 1864 ward er durch einen Besuch des hl. Vaters in der Villa Malta erfreut. Ein Marmorrelief von P. Schöpf (lebensgroße Maria mit dem Christuskind), welches dem König besonders gefiel, machte er der deutschen Nationalkirche Santa Maria dell' Anima zum Geschenk. Auch andere Künstler erfreute er mit Ankäufen, so Romako, Dorner, Frey. Er befand sich so wohl, daß er einem großen, vom österreichischen Botschafter veranstalteten Ballfest bis Mitternacht beiwohnen konnte. Auch den Ball der deutschen Künstler beehrte er mit seiner Gegenwart. Er eröffnete ihn mit der Gattin des Vereinsvorstands. In der Accademia archeologica richtete aber Cardinal de Luca folgende Worte an ihn: „Und jetzt, wo meine Rede sich zu Ende neigt, geziemt es sich, daß an Sie, erhabener Monarch, ich das Wort richte. Wir alle, hier vereint zur Ehre Roms und seines Geburtstags, zollen Ihnen hohen, unsterblichen Dank dafür, daß Sie mit Ihrer Gegenwart den Glanz und den Ruhm dieser akademischen Versammlung erhöht haben. Schon seit den Jahren blühender Jugend kamen Sie hierher, wieder und wieder, zu bewundern die Denkmale, welche ruhmvoll machen die Stadt. Erhoben auf den Thron der Ahnen, verschmähten Sie das ehrsüchtige Loos der Waffen, und Sorgen und Schätze verwandten Sie zum Schutz der schönen Künste, des Schmucks und der Befestigung des bürgerlichen Lebens. Ich versuche es hier nicht aufzuzählen alle die großen, kostbaren und glänzenden Werke, womit Sie die gebildete Hauptstadt und die Provinzen des glücklichen Bayerns schmückten. Ihnen eher als dem ruhmrednerischen Sigismund, der in Salzburg einen kleinen Hügel durchbohren ließ, kommt zu die schöne Inschrift: De te saxa loquuntur. Durch Sie ward Ihr München Nacheiferin unseres Roms, indem es der bevorzugte Aufenthalt aller derjenigen wurde, die sich in Deutschland in Malerei, Sculptur und Architektur Ruhm erworben. Und in Rom, so wünschen Sie es, sollten sich die jugendlichen Talente bilden in edler keuscher Eleganz griechischer und lateinischer Muster. In dieser Weise ist Ihnen der verbreitete Ruhm eines freigebigsten Mäcenaten, eines sorgsamen Restaurators der Künste erwachsen. Rom nun freut sich Ihrer; es spendet seine Wünsche nach oben, daß es noch oft bei Wiederkehr des seiner Geburt gewidmeten Tages Sie in lebensvoller Gesundheit wiedersehe. Und wir, mit dankbarem und ehrerbietigem Gemüth, wir begrüßen die große Anhänglichkeit, welche Sie dieser großen Metropolis stets bewahrten, in welcher Sie ehrten die Majestät der Cäsaren, die göttliche Macht der Päpste und den Sitz jeglicher edlern Disciplin (di ogni più eletta disciplina).‟

Vor seinem Scheiden aus Rom beauftragte der König den Bildhauer Schöpf, eine Marmorbüste Thorwaldsens zu fertigen, um sie vor dessen Wohnung (Palazzo Tomati) aufzustellen. In einer Osteria am Theater des Marcellus, wo Goethe seine fünfzehnte römische Elegie dichtete, ließ er die Inschrift anbringen: „In diese Osteria pflegte Goethe sich zu begeben während seinem Aufenthalt in Rom in den Jahren 1786, 87, 88.‟

In München, wo inzwischen der Umbau gegen den innern Hof der Glyptothek vollendet und die vom König im vorigen Jahre aus dem Besitz des englischen Consuls Hormuzd Rassam in Mossul von dessen Schwager Percy Badger in London erkauften assyrischen Alterthümer aufgestellt wurden, empfing der König am 1. Juni eine Deputation aus Bamberg, welche den Dank der Stadt für das herrliche Geschenk des Monuments des Fürsten Franz Ludwig von Erthal darbrachte. Zwei Tage später gab die Enthüllung des Denkmals Claude Lorrains, das der König diesem Raphael und Correggio der Landschaft in Harlaching setzen ließ, Anlaß zu einem schönen Künstlerfest. Mitte Juni zog sich der König, nachdem er noch mehrere Gegenstände von hohem künstlerischen und historischen Werth dem Bayerischen Nationalmuseum, für das er lebhaftes Interesse zeigte, zum Geschenk gemacht, in seine geliebten Berge zurück.

Der Winter sah ihn zum zweitenmal in Nizza, obwohl dort eben noch die Cholera gespukt hatte. Vorher gedachte er noch der Deutschen in Lyon, indem er unaufgefordert der deutschen Hilfscasse daselbst ein Geschenk von 1000 Fr. übergeben ließ. Bald darauf wurde eine Erklärung bekannt, die er als Stifter des in München bestehenden Blinden=Instituts an das Cultusministerium richtete. „Für Blinde ohne Unterschied der Religion," heißt es darin, „habe Ich das Blinden=Institut gestiftet. An eine gewisse Verhältnißzahl derselben oder Parität zwischen Katholiken und Protestanten dachte Ich auch nicht im Entferntesten, das darf auch in Zukunft nicht stattfinden. Ich weiß ferner, daß in Nürnberg ausschließlich für Protestanten ein Blinden=Institut errichtet wurde und Ich finde es geeignet und gut, wenn die Confessionen getrennt werden. Aber einer Trennung des von Mir gegebenen Stiftungsvermögens, wenn je eine solche beabsichtigt werden wollte, trete Ich jetzt schon auf das Bestimmteste entgegen; es hat für immer unangetastet und untheilbar zu verbleiben. Wenn Legate für Katholiken oder Protestanten ausschließlich gemacht werden, so müssen sie auch gewissenhaft dafür verwendet werden; auf Meine Stiftung erkenne Ich aber keine andern Ansprüche als Armuth und Würdigkeit." Erwägt man, daß diese Grundsätze die Erläuterung der Stiftungsurkunden von 1826 und 1836 bilden, so werfen sie ein interessantes Streiflicht auf die Gesinnungen des Königs als Regenten.

Des Königs Lebensweise in Nizza, wo er den ersten Stock der Villa Diesbach, mit der Aussicht auf das Meer, bewohnte, war in seinem 80. Lebensjahr noch nahezu die gleiche, wie er sie seit früher Jugend geübt. Er stand immer noch regelmäßig um halb fünf Uhr Morgens auf, schrieb und las bis Vormittags gegen zehn Uhr (seine Lecture bildeten die Geisteswerke der Classiker alter und neuerer Zeit — von den deutschen besaß er alle Originalausgaben —, historische und besonders culturhistorische Werke, Schriften über Kunst und Künstler, über Religion und Kirche ꝛc.), worauf er jeden Tag seinen ersten Spaziergang machte. Nach dem zweiten Frühstück wurden öfters Besuche in Nizza befindlicher meistens fremder Familien oder weitere Ausflüge zu Wagen in die Umgebung gemacht. Um 4 Uhr nahm er sein Mittagsmahl ein und mit äußerst seltenen Ausnahmen — doch kam es vor, daß er binnen zehn Tagen sieben Soiréen, Thé dansants und Bälle mit seiner Anwesenheit beehrte — begab er sich Abends um 9 Uhr zu Bette. Er war auch in Nizza fortwährend der Hoffnungsstern vieler Armen und Unglücklichen und mit größern Beiträgen bedachte er namentlich Erziehungsanstalten. In seiner Heimath stiftete er aber damals das Benedictinerkloster zu Schäftlarn (eröffnet 22. Mai).

Nach seiner Rückkehr im Mai 1866 konnte König Ludwig trotz rauhen Wetters es sich nicht versagen, nach alter Gewohnheit am Pfingstmontag in Großhesselohe seinen lieben Münchenern sich zu zeigen, die ihn mit ununterbrochenem Jubel begrüßten. Nicht minder herzlich wurde er empfangen, als er am 29. Mai zum erstenmal das neue Volkstheater besuchte. Im Juni begab er sich nach Aschaffenburg und als er hier die Nachricht von dem Siege der Oesterreicher in Italien vernommen, erhob er sich bei der Tafel zu dem Trinkspruch: „Ich bringe ein Hoch meinem Schwiegersohn, dem tapfern Erzherzog Albrecht, und dem siegreichen österreichischen Heer!" Doch bald (13. Juli) mußte er vor den Kriegsstürmen sich in die Pfalz zurückziehen, wo das Herz des deutschgesinnten Fürsten wohl fast zerspringen mochte. Mehrere durch die Preußen im Schloß zu Aschaffenburg zurückgehaltene Hofbedienstete des Königs langten einige Tage später glücklich auf Ludwigshöhe an. Der König konnte seine Theilnahme für die bayerischen Kämpfer nur durch milde Gaben beweisen. Er übersendete dem Bewirthungscomité im Münchener Bahnhof 1000 fl. und gab später dem Invaliden-Unterstützungs-Verein 10,000 fl. Zu Palm's Denkmal (Palm's Tochter hatte schon seit einiger Zeit eine Pension von König Ludwig) gab er in jenen Tagen 300 fl. und das eherne Standbild Sailers für Regensburg wurde in Auftrag gegeben. Vor seiner Abreise nach Rom (3. Nov.) wurde aber bekannt, daß er sich entschlossen habe, das schöne Schloß Schleißheim nach dem ursprünglichen Plane des Erbauers, des Kurfürsten Max Emanuel, durch Anfügung einer nördlichen Galerie auszubauen und die herrlichen Gartenanlagen mit Cascaden und Fontainen zu vollenden. Hofbaurath Riedel und Hofgärtner Effner wurden mit Durchführung der Neubauten und Restaurationen beauftragt und König Ludwig II. hat in edler Pietät erklärt, das durch den Tod seines königlichen Großvaters auf einen Augenblick unterbrochene, aber schon weit gediehene Werk vollenden zu lassen.

Der König traf am 7. Nov. in Rom ein, lebte aber diesmal ungewöhnlich still und zurückgezogen in der Villa Malta. Am 17. December empfing er den Gegenbesuch des Papstes. Beide blieben in längerer Unterhaltung bei einander. Der Papst hatte eben die Franzosen abziehen sehen, von welchen über Rom eine Art Belagerungszustand verhängt war, und sah sich nun auf seine eigenen Truppen angewiesen. Der König wußte zwei edle Frauen aus dem Stamme der Wittelsbacher flüchtig in der ewigen Stadt. Was kann da wohl der Gegenstand des Gespräches der beiden Fürsten gewesen sein! Nur der Christabend brachte den König wieder in den Kreis seiner Künstler. Sie hatten im Casino einen großen Weihnachtsbaum geschmückt, der Alt und Jung deutscher Zunge zu fröhlicher Festgemeinschaft versammelte. Auch der König beehrte die Gesellschaft mit seiner Gegenwart. Den ersten Tag des neuen Jahres 1867 bezeichnete er durch einen Act wahrhaft königlicher Wohlthätigkeit, indem er dem Künstler-Unterstützungs-Verein in München die Summe von 10,000 fl. als Schankung überwies, deren Zinsen den Hinterlassenen armer Künstler wie diesen selbst zu Gute kommen sollen. Die in Rom anwesenden bayerischen Künstler (drei Bildhauer, drei Maler, ein Erzgießer und ein Stempelschneider) sah er am 10. Januar bei sich an der königlichen Tafel. Mehrere Künstler, wie B. Garoffolo, M. Wittmer (dessen Büste der König für seine Galerie von Gelehrten und Künstlern dem Bildhauer P. Schöpf zu meißeln übertrug) wurden durch Ankäufe erfreut.

Am 19 Februar fuhr der König nach Neapel, das er seit zehn Jahren nicht mehr gesehen hatte. Dreimal wurde das herrliche Museo Borbonico besucht und zwei volle Tage widmete der König Pompeji, in dessen Straßen, Plätzen, Tempeln, Theatern, Bädern, öffentlichen und Privathäusern der greise Tourist jedesmal über vier Stunden lang herumwanderte. „Hier in der antiken Welt bin ich jung und spüre nichts von meinen Jahren," war seine Antwort auf die besorgte Frage um Ueberanstrengung. Mit besonderem Interesse verweilte der König in den Ruinen des schönen Hauses von „Castor und Pollux", nach dessen Vorbild das pompejanische Haus zu Aschaffenburg erstand. Er bedauerte nur, daß dem letztern die erst später aufgefundene antike, sich sehr zierlich ausnehmende Ziegelbedachung fehle. Die übrigen zwei Tage verwendete der König zum Besuch von Sorrento und Bajä und kehrte neuerfrischt in heiterster Stimmung zur ewigen Stadt zurück.

Hier widmete er die noch übrige Zeit besonders den Ausgrabungen im Palatinus, in Trastevere und Ostia, wobei er jedesmal von dem Commissär der Alterthümer, Visconti, begleitet wurde. Diesem hatte er unlängst das Großcomthurkreuz des Verdienstordens vom heiligen Michael überreicht. Als er einst bei der Rückkehr von Ostia Hrn. Visconti einlud im Wagen die rechte Seite einzunehmen und endlich über dessen Widerstand triumphirte, sprach er zu ihm: „Mein lieber Großcommandeur, mein Vater sagte mir immer: „„Wenn du dich bei einem Manne von Talent befindest, so erinnere dich, daß du ihn nicht genug ehren kannst."" Der Abschied von Rom, das er nicht mehr sehen sollte, fiel dem König ungemein schwer. Er vergoß Thränen, als er die ewige Stadt verließ.

Mitte Mai kam der König nach München zurück und besuchte bald darauf das neueröffnete Nationalmuseum, bedauernd, daß man die Idee desselben nicht gleich bei der Klösteraufhebung aufgegriffen habe. Dann ging er nach Berchtesgaden und später nach Leopoldskron. Mitte Juli reiste er, als „Graf von Spessart", nach Paris. Man sah ihn gleich am ersten Tage nach seiner Ankunft in früher Morgenstunde auf der Ausstellung; erst gegen Mittag erquickte er sich in der bayerischen Restauration mit einem nationalen Frühstück und etwas Bier. Am 14. Juli machte er seinen Besuch im Tuilerienschloß. Der Kaiser und die Kaiserin empfingen den greisen Fürsten, der seit 51 Jahren Paris nicht gesehen, mit ausnehmender Herzlichkeit. Die Journale begrüßten ihn gar als „Landsmann" — weil er in Straßburg geboren. Er war aber so unermüdlich, das neue Paris sammt Umgegend kennen zu lernen, daß der Correspondent eines deutschen Blattes meinte, wenn er noch eine

Woche lang Paris so durchstöbere, werde er fast ebenso populär sein, als in München und im Hochland. Einen Tag vor seiner Abreise hatte er die Freude, seinen Enkel, König Ludwig II., im Hôtel du Rhin, wo beide Wohnung genommen, zu begrüßen. Am 23. Juli war er wieder in Leopoldskron. Seine kaiserliche Schwester erwartete ihn am Bahnhofe zu Salzburg und es war rührend das greise Geschwisterpaar so wohl erhalten und wohlgemuth im eifrigen Gespräche vertieft traulich im Wagen beisammen zu sehen. Aber schon nahte die letzte schwere Prüfung für das treue Vaterherz. Die Nachricht von dem Tode des Königs Otto (gest. 26. Juli) schien den König fast niederzuschmettern. Er schloß sich in seine Zimmer, ohne den ganzen Tag die geringste Erquickung zu sich nehmen, und blieb allein bis zum nächsten Morgen. Er hatte auch diesen schmerzlichen Verlust mit jenem Muthe überstanden, der ihn in seinem ganzen Leben nie verließ.

Am 20. August empfing der König den Besuch des Kaisers Napoleon III. und am 1. Sept. kehrte er nach München zurück. In jenen Tagen erschien L. Urlichs Geschichte der Glyptothek (München, Ackermann), ein beredtes Zeugniß für die rastlose Thätigkeit des Königs, da er als Kronprinz die antiken Sculpturwerke zu sammeln begann. Standen doch Urlichs nicht weniger als 909 Briefe J. M. Wagners und 554 des Königs zu Gebote, die in einem Zeitraum von 48 Jahren, von 1810 bis zu Wagner's Tod, gewechselt wurden. Und vielleicht im Zusammenhange mit jenem Werke steht, daß nun der König dem Professor Brunn den Auftrag ertheilte, einen neuen Katalog der Glyptothek zu bearbeiten.

Am 24. October Morgens 6 Uhr verließ der König den Wittelsbacher Palast, um seine letzte Reise nach Nizza, vorerst nach Paris, anzutreten. Trotz der frühen Morgenstunde hatten sich doch viele Personen eingefunden, um den geliebten König noch einmal zu sehen und ihm Glück und Segen und eine frohe Wiederkehr zu wünschen, denn manche mochte wohl die trübe Ahnung beschleichen, daß der greise König, den man in den letzten Wochen gegen seine Gewohnheit sich hatte eines Stockes bedienen gesehen, am Ende seiner Lebenstage stehe. Er übernachtete zu Straßburg im Hôtel de Paris und besuchte den andern Tag sein Geburtshaus (das Gebäude in der Brandgasse, welches der commandirende Divisionsgeneral bewohnt), das Münster und die St. Thomaskirche. Nach einer kurzen Fahrt durch die Stadt setzte er die Reise nach Paris fort, wo er alsbald wieder seine ganze Aufmerksamkeit der Ausstellung, besonders dem künstlerischen Theile derselben, widmete. Am 28. October wohnte der König dem Banlett bei, welches die Stadt Paris dem Kaiser von Oesterreich gab. Da man mit dem König laut sprechen mußte, hatte das Publicum auf den Galerien das Vergnügen, einige Bruchstücke der Conversation zu hören. Auf einen Blick, welchen der König auf eine vor ihm stehende Dame richtete, rief ihm Napoleon III. zu: „Das ist meine Cousine, die Frau Charles Bonaparte!" und gleichsam um den

König für die Dame mehr zu interessiren, fügte er bei: „Sie ist eine Römerin aus der Familie Ruspoli."

In Nizza, wo er dießmal die Villa Lione bezog, war der König Anfangs November eingetroffen, und zwar im besten Wohlsein. Die Nachrichten lauteten bis Anfangs Februar gut. Der König hatte u. a. auch der ersten matinée dansante im Cercle Masséna beigewohnt. Gerüchte von einer Erkrankung des Königs widerlegten sich durch eigenhändige Briefe desselben. Am 15 Februar erfuhr man aber durch Telegramm, der König habe sich Mittags in Folge einer entzündlichen Anschwellung einer Operation am Schenkel unterziehen müssen, die er glücklich überstanden. Aus spätern Berichten des königlichen Leibarztes Dr. Tutschel ging hervor, daß das Unwohlsein des Königs doch schon seit einiger Zeit bestand. Ende Novembers war ödematöse Schwellung der Füße und Unterschenkel eingetreten, die bald auch von Athmungsbeschwerden, Störung des sonst so ruhigen Schlafs und beängstigenden Träumen begleitet war. Im Laufe des Januar befand sich der König zwar wohler; er machte wieder Spazierfahrten, kurze Spaziergänge und Besuche. Ende Januar suchte sich aber die seröse Flüssigkeit einen Ausweg durch Aufbrechen an zwei Stellen des rechten Unterschenkels. Als diese sich gegen den 10. und 11. Februar schlossen, entstand daselbst eine phlegmonöse Entzündung, welche zur Verhütung des Brandes am 15. und am 18. chirurgische Eingriffe nöthig machte. Die unmittelbare Gefahr war dadurch beseitigt; der König schrieb am 17. sogar einen eigenhändigen Brief nach München. Allein der Schwächezustand des hohen Kranken mehrte sich; am 24. traten auch Delirien ein. Prinz Luitpold eilte sofort an das Krankenlager seines Vaters, und am 26. ging als Abgesandter des Königs Ludwig II. auch Prinz Adalbert dahin ab. Zu gleicher Zeit wurden öffentliche Gebete angeordnet, um die Wiedergenesung des Königs zu erflehen. Allein Gott hatte seinem thatenreichen Leben ein Ende gesetzt. Am 27. Februar erfolgte Blutung unter der Haut, weit oberhalb der Wunden. Der König, im Vorgefühl des nahen Todes, sprach sich mit Fassung und christlicher Ergebung aus. „Allen, allen in München meinen Dank!" war sein letzter Gruß in die Heimath. Der Beichtvater des Königs war schon vor einigen Tagen in Nizza eingetroffen. Am 26. Februar wurde Morgens 8 Uhr im Nebenzimmer Messe gelesen; der König communicirte andächtig und geistesklar und empfing gerührten Herzens den vom hl. Vater eigens übersandten Segen. Die Hoffnung auf Genesung, welche er bis dahin nie ganz aufgegeben hatte, begann ihm nun selbst zu schwinden. Am 27. äußerte er gegen den seit dem 17. mit beigezogenen Arzt Cabrol: „Wollen Sie ja nicht glauben, daß ich den Tod fürchte; ich habe ihm während meines langen Lebens mehrmals in's Auge geschaut." Am Abend desselben Tags, wo die eingetretene Blutung Zeugniß gab von dem weit vorgeschrittenen örtlichen Auflösungsproceß, sagte er seinem Leibarzt:*) „Wenn Sie mir jetzt den Tod

*) S. dessen Bericht in der Allg. Ztg. vom 12. März.

ankündigten, ich würde nicht davor erschrecken, ich würde ihn annehmeu." Und etwas später sprach er mit einem flehenden Blick nach oben laut vor sich hin: „Wenn ich heute Nacht sterbe, dann wird der König von seinen Leiden befreit." Nach Mitternacht von einem langen Schlummer erwacht, fragte er nach der Zeit; und auf die Antwort erwiderte er: „Ein Uhr, und ich bin noch nicht tobt." Der 28. ging unter fortwährender Schwäche und theilweise Delirien hin. Sie wiederholten sich in der Nacht, und gegen Morgen war die eigentliche Agonie eingetreten. Zwischen 6 und 7 Uhr wurde noch eine Umbettung verlangt, und ohne daß die gefürchtete Ohnmacht eingetreten wäre, ausgeführt. Ein Viertel nach 7 Uhr empfing der König in Gegenwart seiner beiden Söhne, des Prinzen Luitpold und des Prinzen Adalbert, mit eigener Zustimmung und vollem Verständniß auch die letzte Oelung. Nachdem noch die beiden Söhne knieend den väterlichen Segen erbeten und die Grüße der sämmtlichen entfernten hohen Verwandten von dem Sterbenden entgegengenommen und mit Dank erwidert worden waren, entschlief er ruhig, ohne zu schweren Todeskampf, unter dem Gebete des Beichtvaters und der erschütterten Umgebung um 8 Uhr 35 Minuten zum ewigen Leben. Vier Stunden später verkündeten die ernsten Töne der St. Benno-Glocke vom Thurm der Kathedrale zu München, daß König Ludwig I. von Bayern sein irdisches Leben geschlossen!

Wohl an demselben Tage hatte der elektrische Draht die Todesnachricht durch ganz Europa verbreitet. Ueberall wird nur Eine Stimme gewesen sein: Es ist ein großer Mann gestorben!

Die Leiche kam mit königlichen Ehren nach München und wurde am 9. März 3 Uhr Nachmittags in den Sarkophag gesenkt, den sich der König am Eingange der Basilica von St. Bonifaz hatte errichten lassen.

Die Künstler aber bekränzten unter würdiger Trauerfeier die Büste ihres unsterblichen Mäcens in der Halle der Glyptothek.

Wohl wahr, was König Ludwig sang:

Alles vergeht, doch die Kunst erfreut und erhebt die Menschen,
Wenn er längstens nicht mehr, zeugt sie doch rühmlich von ihm.

Wir aber wollen hoffen und vertrauen, daß König Ludwigs Geist, der auch der Geist seiner großen Ahnen gewesen, fort und fort leben werde im Hause Wittelsbach, im Volke der Bayern.

München, im März 1868.